Explicando a Literatura no Brasil

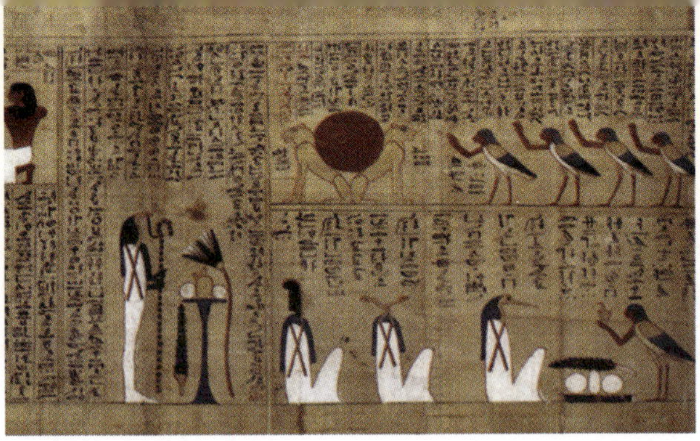

Mario de Andrade
PAULICEA
DESVAIRADA

Margarida Patriota

Explicando a Literatura no Brasil

23ª edição

Editora Nova Fronteira Participações S.A.
Rua Nova Jerusalém, 345 — Bonsucesso — 21042-235
Rio de Janeiro — RJ — Brasil
Tel.: (21) 3882-8200 — Fax: (21)3882-8212/8313
www.novafronteira.com.br

Texto revisto pelo novo Acordo Ortográfico.

CIP - BRASIL. CATALOGAÇÃO NA FONTE.
SINDICATO NACIONAL DOS EDITORES DE LIVROS. RJ

P341e Patriota, Margarida de Aguiar, 1948-
Explicando a literatura no Brasil / Margarida Patriota. – Rio de Janeiro : Nova Fronteira, 2011.
216p.: il ; 28 cm

ISBN 978-85-209-2754-0

1. Literatura brasileira – História e crítica. I. Título.

CDD: 809
CDU: 82.09

Sumário

Introdução

Explicando a Literatura no Brasil oferece ao público um panorama histórico agradável e acessível das linhas gerais da tradição letrada ou "arte de escrever com arte", que nasce na Grécia, expande-se na Europa, migra para o Novo Mundo, tem evolução e consequência próprias no Brasil.

É nosso objetivo familiarizar o leitor com termos básicos da cultura letrada ocidental, estimulando seu interesse por autores clássicos estrangeiros e nacionais, bem como auxiliar o professor em sala de aula, na tarefa de passar noções, interpretar textos e contextos literários.

Como entender os conceitos de Ocidente, Antiguidade Clássica, Civilização Cristã, Idade Média, Renascimento, Romantismo, Parnasianismo e outros, com que a Literatura Brasileira dialoga constantemente? O que vêm a ser: o Olimpo, as musas, os bárbaros, os humanistas? Quando começa a Literatura Nacional para os brasileiros incluídos nos avanços da cultura global? E para os excluídos?

O início do terceiro milênio parece pedir o passeio de três mil anos que aqui esboçamos, para melhor compreensão do que hoje se escreve (ou não se escreve) no Brasil.

1

A Escrita Antes da Arte de Escrever

1. O SURGIMENTO DA ESCRITA

Escrever com arte supõe o conhecimento da arte de escrever, ou seja, só escrevem com arte os povos que expressam suas ideias por um sistema de escrita.

A história da escrita que chegou ao território do Brasil, quando descoberto, engloba milhares de anos e merece ser contada.

Tudo começou nos tempos pré-históricos, quando o homem primitivo quis gravar de modo permanente suas ideias, e com esse intuito desenhou, munido de ossos ou pedras, no interior de cavernas. Esses desenhos deram origem aos sinais que mais tarde viriam a representar sons e palavras.

Pedra com escrita cuneiforme.

Por volta de 2500 a.C., os assírios e babilônios aprenderam a se comunicar por escrito, fixando traços que correspondiam a nomes, letras, classe de palavras e algumas expressões. Era um sistema de escrita rudimentar chamado *cuneiforme* — pois os sinais gráficos pareciam cunhas — e bem inferior ao dos nossos dias.

Os babilônios não tinham canetas nem papel para escrever. Gravavam suas mensagens em código cuneiforme, com cacos ou conchas de ostra, sobre ladrilhos de barro mole, que depois eram cozidos em fornos e postos para secar ao sol. Assuntos de importância vital para a comunidade, como as leis, eram esculpidos com instrumentos de metal em colunas de pedra. O "Código de Hamurabi" (em referência ao famoso rei da Babilônia que o criou) foi escrito numa coluna de pedra com esmero tal que ainda hoje, transcorridos 41 séculos, pode ser lido.

Cerca de 2000 a.C. os fenícios inventaram um alfabeto que os gregos mais tarde aperfeiçoariam com o acréscimo de vogais.

O alfabeto grego era composto de 24 letras que indicavam sons, e não sílabas ou palavras. Com esse alfabeto, a partir de 800 a.C., a escrita deixou de ser monopólio dos escribas — especialistas que trabalhavam para o governo —, como antes, no período de Creta e de Micenas, civilizações que chegaram a possuir sistemas de escrita por um tempo e depois os perderam.

Período cretense ou minoico — escrita linear A (não decifrada — 2000 a.C. a 1450 a.C.)
Período micênico — escrita linear B (decifrada em 1950 d.C. — 1700 a.C. a 1200 a.C.)
Período homérico (Idade das Trevas) — desaparecimento da escrita — 1200 a.C. a 800 a.C.
Período arcaico e início da escrita grega — 750 a.C. a 500 a.C.
Período clássico ou "século de Péricles" — 500 a.C. a 400 a.C. — época de ouro da literatura grega.

Os romanos, que dominaram os gregos em meados do século II a.C. mas foram influenciados por sua cultura, usaram um alfabeto semelhante ao dos gregos.

Fundação da cidade de Roma — 753 a.C.

Fundação da República — 509 a.C.

Início da conquista da Itália — 340 a.C. a 338 a.C.

Conquista da Grécia — 146 a.C.

Início do Império Romano ou "século de Augusto" — 31 a.C. — época de ouro da literatura romana.

Alfabeto grego

Nome	800-600 A.C.	Letras Maiúsculas	Letras Minúsculas	Transliteração
alpha	A A A	A	α	a
bēta	B B B	B	β	b
gamma	Γ Γ C	Γ	γ	g
delta	▷ Δ D	Δ	δ	d
e psilon	E E E	E	ε	e
digamma	F F C			
zēta	I I I	Z	ζ	z
ēta	H H H	H	η	e, ē
thēta	⊕ ⊕ ⊙	Θ	θ	th
iōta	ϟ ϟ I	I	ι	i
kappa	K K K	K	κ	k
lambda	L Γ Λ	Λ	λ	l
mu	M M M	M	μ	m
nu	N N N	N	ν	n
ksi	Ξ Ξ Ξ	Ξ	ξ	x
o mikron	O	O	ο	o
pi	Γ Γ	Π	π	p
san	M			
qoppa	Ϙ Ϙ			
rhō	P D P	P	ρ	r
sigma	Σ Σ Σ	Σ	σ,ς	s
tau	T	T	τ	t
u psilon	Y Y V	Y	υ	y
phi	Φ Φ Φ	Φ	φ	ph
chi	X +	X	χ	ch, kh
psi	Ψ Ψ	Ψ	ψ	ps
ō mega	Ω Ω Ω	Ω	ω	o, ō

Letras gregas com suas correspondentes latinas.

A civilização cristã ocidental, que divide a história da humanidade em *antes* e *depois* do nascimento de Cristo — marco zero do seu calendário —, apropriou-se do alfabeto dos romanos e nele desenvolveu sua literatura até nossos dias.

Antes do descobrimento da América, os índios que habitavam o território do atual Brasil não dispunham de um método próprio para registrar ideias de modo duradouro, como os incas da região andina do Peru. A escrita dos incas chamava-se *quipo*. Consistia num grosso cordão de lã em que eles penduravam outros cordões mais finos, com espaços, cores e nós diferenciados, variando de sentido. Os incas tinham escolas para ensinar a ler e a escrever por esse método, que na época das descobertas assombrou os conquistadores espanhóis.

2. INSTRUMENTOS DA ESCRITA AO LONGO DOS SÉCULOS

Para suporte da escrita, os antigos egípcios, que havia cinco mil anos escreviam em hieróglifos, descobriram uma planta nativa do vale do rio Nilo que apresentava vantagens sobre o barro e a pedra. Era o papiro, no qual passaram a escrever com varetas de cana, cortadas em ponta, e tinta de bugalhos e sulfato de ferro. Já os romanos em seu apogeu escreveram sobre tábuas cobertas de cera, com ajuda de um estilete.

Papiro egípcio.

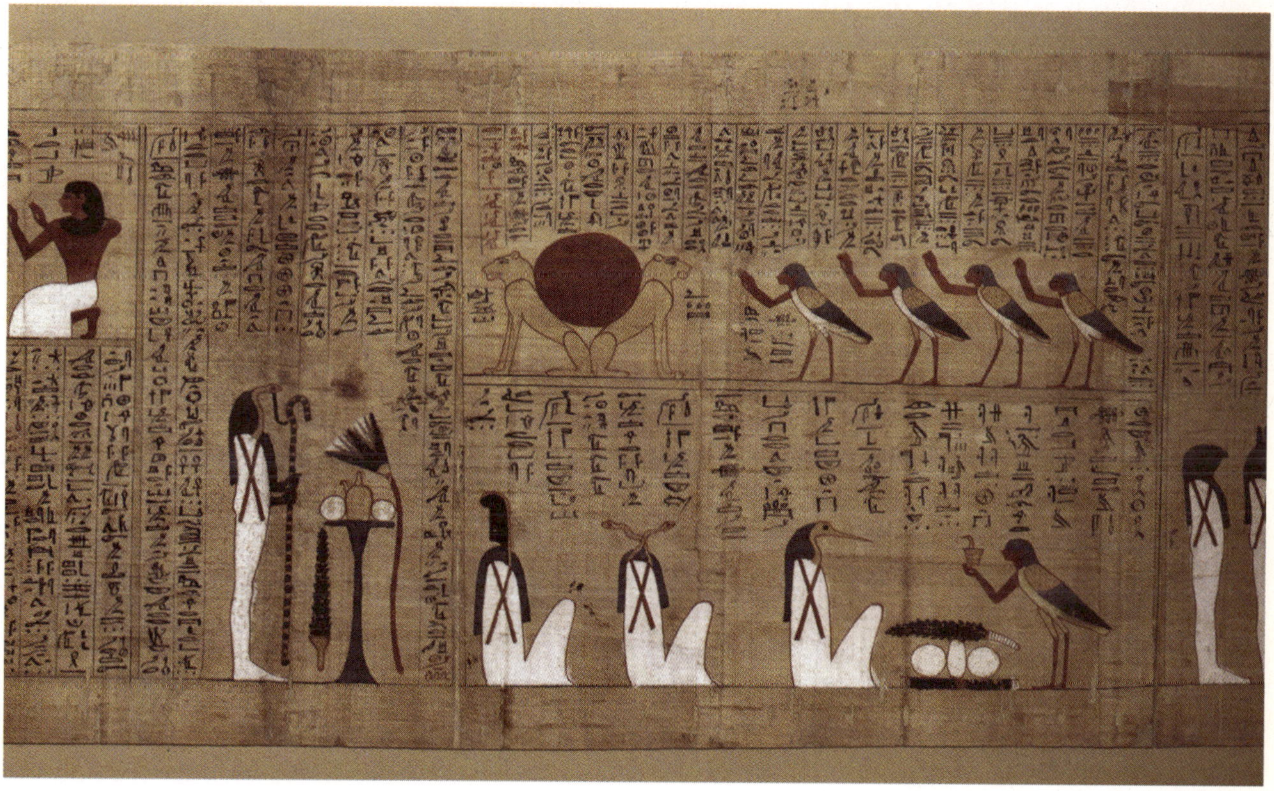

O papiro e a pena de caniço pontuda foram introduzidos pelos gregos na Europa, onde continuaram sendo, apesar de frágeis, os principais instrumentos da escrita durante séculos. Quando os seguidores de Maomé dominaram o Egito e o papiro tornou-se escasso, no século VII, os europeus começaram a escrever sobre um finíssimo couro curtido de cabra ou carneiro chamado pergaminho (da cidade de Pérgamo, a primeira a usar esse material para receber a escrita). O pergaminho reaproveitado era chamado de palimpsesto.

Sir Lawrence Alma-Tadema. *Leitura de Homero*, 1885.

A pena de caniço foi usada no Ocidente cristão até o século XIII, quando foi substituída pela de ganso. Nas escolas do início do século XIX, as crianças ainda aprendiam a escrever com penas de ave. Só a partir de 1820, penas de aço fabricadas em Manchester, na Inglaterra, entraram em circulação e foram se impondo.

Na primeira metade do século XX, as penas de metal continuaram em uso, sobretudo na forma de canetas-tinteiro de diversos modelos. Por fim, nos últimos cinquenta anos, estas foram largamente suplantadas pelas canetas esferográficas, pelas máquinas de escrever mecânicas ou elétricas e, hoje em dia, pelo computador.

Quanto ao lápis, vem sendo usado desde o século XVI.

Caneta-tinteiro.

Penas para escrita.

Buvar para mata-borrão.

Máquina de escrever antiga.

2

A Arte de Escrever Antes do Brasil

1. LITERATURA GREGA: UM DOM DAS MUSAS

Nossa história da "arte de escrever com arte", ou do que entendemos por literatura escrita, deve muito aos habitantes que viveram na Grécia há três mil anos, ou seja, por volta de 1000 a.C.

Os deuses do Olimpo nesse tempo já existiam, herdados da civilização micênica que se desenvolvera no Peloponeso quinhentos anos antes, e que aos poucos decaíra, a ponto de esquecer por completo a arte de escrever.

Há três mil anos, portanto, quando as histórias dos deuses do Olimpo circulavam apenas de boca em boca, transmitidas em relatos de pais para filhos, como se fossem *A História do começo do mundo,* os gregos compuseram poemas narrativos que os tornaram imortais e criaram uma nova civilização.

A partir daí, as aldeias gregas cresceram e viraram cidades-estado com governos independentes. Entre essas cidades, destacou-se Atenas, que exerceu grande influência sobre as demais. O século em que Atenas reinou gloriosa, de 500 a.C. a 400 a.C., é hoje conhecido como a Idade da Grécia Clássica, ou como o "século de Péricles", seu grande líder.

Foi quando surgiram as primeiras ideias organizadas sobre a arte em geral, e a literatura em especial, com gêneros e estilos bem-definidos, crítica especializada, estudo de origens e, mais importante, tudo isso por escrito, uma vez que os gregos se apoderaram do alfabeto fenício, acrescentando-lhe vogais e aperfeiçoando a arte de escrever.

Na Atenas clássica, floresceram as epopeias de aventuras, como a *Ilíada* e a *Odisseia,* atribuídas a Homero; a poesia lírica de Anacreonte e Píndaro; o teatro trágico de Ésquilo, Sófocles e Eurípides; o teatro cômico de Aristófanes; as fábulas de Esopo; a historiografia de Heródoto e Tucídides; a oratória de Demóstenes.

Giovanni Domenico Tiepolo. *A entrada do cavalo troiano em Troia*, 1760.

Na mesma Atenas escreveram os filósofos Platão e Aristóteles, fundadores, por assim dizer, da oposição "Céu e Terra", ou "idealismo *versus* realismo", na tradição da "arte de escrever com arte" ocidental. Platão fundou o idealismo, por achar que os artistas buscavam um ideal de perfeição que só existia no Céu. Aristóteles estabeleceu o realismo, por acreditar que os artistas encontravam a verdade quando imitavam a natureza e observavam o ser humano na Terra.

A literatura grega mostra como os deuses do Olimpo acompanhavam o dia a dia dos gregos, interferindo em cada aspecto de suas vidas. Por seu intermédio ficamos sabendo que Zeus governava os demais deuses e protegia a Grécia antiga. Atena, filha de Zeus, protegia os heróis e os artesãos. Narciso, vaidoso, curtia mirar-se no espelho da água. Eros, com feições de criança, comandava o jogo do amor. As musas inspiravam a criação artística.

Homero é considerado o primeiro e o maior dos poetas gregos. Presume-se que tenha vivido por volta de 900 a.C., na fase em que a civilização micênica existia apenas na memória dos gregos. Os dois poemas épicos a ele atribuídos, a *Ilíada* e a *Odisseia,* ricos em ensinamentos, eram a base da educação grega do período clássico. Hoje sobrevivem como os textos mais antigos e fundadores da Literatura Ocidental.

A *ILÍADA* narra os impasses de Agamenon e Aquiles à frente da armada grega, nos últimos momentos da Guerra de Troia, ou Ílion, cidade portuária situada na costa oriental do mar Egeu. A causa da guerra ocorrera dez anos antes, quando o príncipe troiano, Páris, raptara a grega Helena, mulher de Menelau, rei de Esparta. Ultrajados com a ofensa, os príncipes gregos reuniram suas frotas e atacaram Troia, cercando-a durante uma década, até conseguirem, com a morte do valoroso chefe troiano Heitor, sua destruição.

A *ODISSEIA* conta as aventuras de Ulisses no regresso a Ítaca, seu reino natal, depois da longa Guerra de Troia, que os gregos venceram. Com Troia destruída, Ulisses pode enfim voltar à pátria, onde o esperam a mulher, Penélope, e o filho, Telêmaco. Entretanto, uma tempestade o desvia de rumo, levando sua frota ao País dos Comedores de Lótus. Os habitantes desse país acolhem o herói grego e sua tripulação de modo hospitaleiro, oferecendo-lhes o seu próprio alimento, o lótus, que faz os homens esquecerem a terra nativa e desejar permanecer onde estão. A muito custo Ulisses consegue tirar seus marinheiros dessa estranha paragem, tendo até de amarrá-los nos navios.

Chegam, em seguida, ao país dos Ciclopes, gigantes que moram em cavernas e têm um único olho redondo no meio da testa. Aí não são bem-recebidos. Um dos ciclopes, de nome Polifemo, prende Ulisses e seus homens numa caverna e pretende devorá-los um a um. Ulisses perde vários amigos dessa maneira atroz, e somente por um ardil consegue fugir daquela terra perigosa.

A seguinte escala é na ilha de Éolo, rei que ganhou de Zeus o poder de controlar os ventos. Ali Ulisses recebe ajuda e um saco fechado com bons e maus ventos. A viagem segue, Ulisses sempre ao leme, sem dormir. Num momento em que cochila, a tripulação abre o saco, pensando que tem ouro, e os ventos que escapam levam os navios de volta à ilha de Éolo. O rei decide não mais ajudar os gregos, que são obrigados a continuar viagem contando apenas com a força dos remos.

Pouco depois, a frota é atacada pela tribo arrasadora dos lestrigonianos. No final da luta, só o navio de Ulisses, que exortou seus homens a remar a toda, consegue escapar.

Triste com a morte de tantos companheiros, o herói chega à ilha de Circe, filha do Sol, que o recebe com vinhos e iguarias. Acontece que Circe é uma poderosa feiticeira que se compraz em encantar os homens para depois transformá-los em porcos. Com o auxílio de Hermes, o mensageiro dos deuses, Ulisses dribla o feitiço da bruxa e acaba contando com sua proteção. Na hora da partida, Circe ensina aos marinheiros de Ulisses o que devem fazer para passar sãos e salvos pela Ilha das sereias.

As sereias eram ninfas marinhas cujo canto enfeitiçava aqueles que o ouviam. Assim, irresistivelmente atraídos, os ouvintes se jogavam ao mar e morriam. Circe aconselhou Ulisses a tampar com cera os ouvidos de seus marinheiros, e a se amarrar no mastro, instruindo a tripulação a não o libertar por nada, até ultrapassarem a Ilha das sereias.

Em outra ilha, a ninfa Calipso apaixona-se por Ulisses e tenta retê-lo para sempre, oferecendo-lhe por prêmio a imortalidade dos deuses. Ulisses mantém, contudo, sua disposição de regressar à pátria e para junto da esposa e do filho.

Liberado por Calipso, o herói naufraga próximo à ilha dos feácios, sendo acolhido na corte do rei Alcínoo. Ali, diante de um público numeroso, conta as aventuras vividas desde que partiu de Troia. Ao fim da narrativa, os feácios, cheios de admiração pelo hóspede, dão-lhe o navio com que regressa a Ítaca.

Jan Brueghel, o Velho, e Hendrick de Clerck. *A gruta fantástica com Ulisses e Calipso*, c. 1600.

Ulisses, longe da pátria havia vinte anos, não reconheceu de imediato sua terra. A deusa Atena apareceu-lhe então sob a forma de um pastor para ajudá-lo. Contou-lhe que seu palácio estava ocupado por mais de cem nobres da região que o julgavam morto e pretendiam se casar com Penélope. Era necessário que Ulisses entrasse em casa disfarçado e se vingasse daquela gente. O herói luta até recuperar palácio, reino e esposa.

Os gregos do "século de Péricles" achavam que a *Ilíada* e a *Odisseia* eram obras criadas por um único e talentoso autor chamado Homero. Ainda hoje alimentamos essa crença sempre que, por espírito prático, falamos da "*Ilíada* e *Odisseia* de Homero" e não da "*Ilíada e Odisseia* atribuídas a Homero". Sabe-se, entretanto, que esses dois poemas foram elaborados por uma longa tradição oral em que os mitos relacionados à Guerra de Troia e às façanhas de Ulisses foram transmitidos de geração em geração pela boca dos aedos — poetas da oralidade — , que os recitavam pelos povoados, com acompanhamento musical.

2. OS DEUSES DO OLIMPO

Ingres. *Tétis implorando a Zeus*, 1811.

No começo da história grega era enorme a quantidade de deuses que moravam no Olimpo. Cada deus mantinha uma forte ligação com algum fenômeno da realidade ou com algum lugar na Grécia. Aos poucos, doze deuses tornaram-se mais importantes, sobressaindo-se aos demais. Há mais de 2.750 anos, em 750 a.C., Hesíodo escreveu a história dos doze deuses do monte Olimpo:

ZEUS governava os demais deuses, mandava a chuva, o vento e a neve. Era o senhor dos trovões.

HERA, terceira mulher de Zeus e infeliz porque ele a traía. Protegia as mulheres e as mães.

ATENA, filha de Zeus e de sua primeira mulher, era a deusa da sabedoria das artes, da ciência, das indústrias e da paz. Protegia os heróis e os artesãos, e ensinava os homens a domar cavalos.

APOLO, filho de Zeus e de Leto, era o deus da luz, da saúde e dos oráculos. Dava conselhos aos gregos e protegia os lavradores, os colonos e os músicos.

ÁRTEMIS, irmã gêmea de Apolo, caçava e reinava nos bosques. Como Apolo, era a deusa da luz e suas flechadas causavam morte imediata. Protegia as meninas e as virgens.

HERMES, filho de Zeus e Maia, era o mensageiro dos deuses. Inventou a lira e as corridas. Protegia os feirantes, os viajantes e conduzia os mortos para o mundo subterrâneo.

ARES, filho de Zeus e Hera, odiado pelos demais deuses, era o deus da guerra e da destruição cega e brutal. Ia para a guerra acompanhado dos seus filhos Medo e Susto.

HEFESTO, filho aleijado de Zeus e Hera, ensinou aos homens o uso do fogo para trabalhar os metais. Era protetor dos ferreiros.

AFRODITE, prima de Zeus, era a mais bela das deusas. Hera, com ciúmes dela, fez com que se casasse com Hefesto. Era a deusa do amor e protegia os amantes e os jardins.

Autor desconhecido. *Nascimento de Vênus* (Afrodite), c. 50 a.C.

POSÊIDON, deus dos mares, perdeu a batalha contra o irmão Zeus pelo domínio dos céus.

HÉSTIA, irmã mais velha e a mais amada de Zeus. Protegia a cidade, a casa e a família.

DEMÉTER, outra irmã de Zeus, era a deusa da fertilidade da terra. Ensinou os homens a cultivar o trigo. Seu sofrimento deu origem ao inverno.

Mais deuses e semideuses:

HADES, irmão de Zeus, governava o mundo subterrâneo no centro da Terra, onde os mortos passeavam como sombras.

PÃ, deus de chifres, patas e orelhas de bode, controlava com sua flauta os bosques e pastos, protegendo os pastores e os rebanhos.

DIONISO, filho de Zeus e de uma humana, era o deus do vinho. Os gregos realizavam festivais teatrais em sua honra.

EROS, divindade do amor, apresentava-se com traços de criança.

EUROPA era a irmã de Cadmo, raptada por Zeus, que se transformou em touro e a levou para Creta, onde ela se tornou mãe de Minos.

John William Waterhouse. *Eco e Narciso*, 1903.

NARCISO, ao olhar-se numa fonte, apaixonou-se por sua própria beleza e mergulhou na água para se abraçar a tão bela imagem. Foi transformado na flor que leva o seu nome.

AS TRÊS PARCAS, filhas da Noite, apareciam sempre que um mortal nascia, traçavam seu destino, teciam e cortavam a linha da vida.

AS NINFAS eram as deusas menores dos rios, das fontes, dos bosques e das montanhas.

AS NÁIADES também eram divindades das fontes e dos rios.

AS NOVE MUSAS, filhas de Zeus e Mnemósine, dirigiam as artes liberais. Clio dirigia a História; Euterpe, a Música; Tália, a Comédia; Melpômene, a Tragédia; Terpsícore, a Dança; Erato, a Elegia; Polínia, a poesia lírica; Urânia, a Astronomia; Calíope, a Eloquência.

As musas inspiraram a criação artística grega? Ou a imaginação grega criou as musas para explicar o fenômeno da criação artística?

Preservando seus mitos e lendas, os gregos descobriram métodos de representar o ser humano e a natureza na pintura, na escultura e na literatura que até hoje aceitamos como fiéis à realidade.

À Grécia clássica devemos as bases do pensamento intelectual e artístico que a civilização ocidental desenvolveu até o presente.

Aos filósofos gregos Sócrates, Platão e Aristóteles devemos a ideia do ser humano como medida de todas as coisas, dotado de inteligência capaz de explicar o mundo de maneira lógica e racional. No tocante às artes, basta dizer que a *Poética* de Aristóteles, escrita há dois milênios e meio, permanece como referência válida para quem estuda o fenômeno da criação literária.

Filósofos, mosaico de Pompeia.

À inventiva grega devemos o teatro como espetáculo de atores que encenam no palco grandes dramas humanos, trágicos ou cômicos. As apresentações teatrais, em que os dilemas dos homens suplantavam os dos deuses, ocuparam lugar de primeira importância no cotidiano das cidades gregas, notadamente na Atenas de Péricles, onde eram realizados concursos regulares entre autores. Há tragédias de Ésquilo, Eurípides e Sófocles que resistiram ao tempo e ainda são admiradas pelo público de hoje. Entre elas, está a tragédia de Fedra, que, presumindo o esposo morto, declara ao enteado toda a paixão que sentia por este; está a tragédia de Antígona, princesa de sangue real que coloca a cabeça a prêmio sepultando o cadáver do irmão exposto à execração pública por ordem de Creonte, rei de Tebas; está a tragédia de Édipo, a mais bela de todas, segundo Aristóteles.

ÉDIPO REI

Édipo, rei de Tebas, era filho de Laio e de Jocasta. O oráculo disse a Laio que seu filho o mataria e se casaria com a mãe. Para impedir que isso acontecesse, Laio mandou que um parente matasse Édipo, logo depois de nascido. O parente, compadecido do bebê, amarrou-o pelos pés e o dependurou numa árvore. Passando por ali, um pastor pegou o bebê e o levou a Políbio, rei de Corinto, que o criou como filho e lhe deu o nome de Édipo, que significa "pés inchados". Crescendo como filho de Políbio, um belo dia Édipo consulta o oráculo e ouve a mesma previsão infeliz que Laio ouvira. Para evitar cometer os crimes anunciados, desterrou-se de Corinto, supondo que era sua terra natal e que Políbio era seu pai. Enquanto fugia, encontrou Laio, desentendeu-se com ele e o matou. Chegou então a Tebas, depois de viajar algum tempo. Em Tebas, a rainha Jocasta era oferecida como prêmio a

A tragédia de Édipo levou o pai da psicanálise, Sigmund Freud, a elaborar o *Complexo de Édipo:* desejo inconsciente, recalcado, do filho em relação à própria mãe.

quem decifrasse o enigma da Esfinge. Édipo decifrou e casou--se com a própria mãe, com quem teve os filhos: Eteocles, Polínices, Antígona e Ismênia. Os deuses, indignados com o incesto, castigaram Tebas com uma peste que só acabou quando o pastor que salvara Édipo o reconheceu e o fez saber de sua origem. Édipo, desesperado, arrancou os próprios olhos e Jocasta suicidou-se.

O Enigma da Esfinge

O que é que
De manhã caminha com quatro pernas
Ao meio-dia, com duas
E à tarde, com três?

É o homem, que primeiro engatinha, depois anda de pé e, por fim, de bengala.

Acrópole em Atenas, Grécia.

Aos arquitetos gregos devemos a concepção de prédios construídos com materiais nobres, decorados com abundância de altos-relevos e esculturas de heróis cívicos, a serem apreciados no espaço público pela população. Na obra do escultor ateniense Fídias, autor de "O discóbolo", encontramos a superação das representações esquematizadas e rígidas do corpo humano, características das civilizações anteriores. Reproduzindo em pormenores a anatomia do homem em movimento, os volumes de sua massa corpórea, Fídias celebrou a beleza física e a existência terrena.

Cópia da Roma antiga do *Discóbolo de Myron*, século II a.C.

Pela preferência dada aos homens sobre os deuses, diz-se que nos produtos do pensamento e da criatividade gregos encontramos as raízes do humanismo ocidental.

Acontece que as literaturas, como os seres vivos, são mortais, elas vivem seu ciclo e fenecem. Com a expansão do reino da Macedônia, situado ao norte da Grécia, muitas cidades da época clássica foram destruídas ou dominadas, e os gregos, derrotados em 338 a.C. Menos de cem anos depois, a região cairia sob o controle de Roma, em vias de se tornar o centro de imenso império, estendendo-se do Oriente Médio à Grã-Bretanha e compreendendo o norte da África, França, Espanha, Germânia, Turquia e Grécia, e englobando em suas fronteiras a literatura grega, o pensamento grego e os deuses gregos.

3. LENDAS E FATOS NA FUNDAÇÃO DE ROMA

Teseu, afresco no Quarto Estilo.

Na história primitiva de Roma, lendas e fatos se confundem.

As mais antigas lendas romanas nos levam aos tempos da Guerra de Troia.

Na queda de Troia, Eneias, um dos heróis troianos — filho de Vênus, deusa da beleza —, escapou da morte carregando o velho pai nas costas. Depois de viver inúmeras aventuras, Eneias chegou à península itálica e se casou com Lavínia, a filha de Latino, monarca que lá reinava.

Algumas gerações depois, uma princesa descendente de Eneias teve gêmeos de Marte, deus da guerra, que lhe foram arrebatados por adversários e largados num cesto no rio Tibre. O cesto, boiando à deriva, foi parar nas margens do monte Palatino, onde uma loba o achou, deparou com os bebês e os amamentou, até vir um pastor que passou a cuidar deles. Os bebês foram chamados de Rômulo e Remo. Ambos, quando cresceram, fundaram a cidade de Roma. Na luta para saber quem a governaria, Rômulo matou Remo e tornou-se o primeiro rei dos romanos. Baseada nessa lenda, a figura da loba ornamentando Rômulo e Remo sagrou-se símbolo de Roma.

Rômulo e Remo, gravura do século XIX.

Os primeiros romanos levaram existência simples e dedicada à agricultura. O Estado era formado por um número reduzido de famílias, regidas pelo representante mais velho, o *pater.* Essas famílias compunham a classe dos patrícios. Estrangeiros, escravos, viajantes e aventureiros formavam a *plebs,* ou plebe, que não podia, de início, interferir nos negócios públicos, nem se ligar, por casamento, com a classe dos patrícios. Com o tempo, os plebeus foram adquirindo direitos e, por volta de 300 a.C., alcançaram igualdade com os patrícios perante a lei. A partir daí, os romanos, fortalecidos, expandiram suas conquistas além da Itália e da Grécia, cujos padrões culturais almejaram seguir.

4. ROMA GLORIOSA DÁ NOVA LÍNGUA PARA A LITERATURA

Para governar seu extenso império, os romanos fundaram colônias e construíram estradas que ligavam Roma às terras dominadas. Por essas estradas, cidadãos romanos eram enviados a pontos distantes, a fim de ensinar aos habitantes das regiões vencidas a maneira de se comportar conforme o estilo romano. Donos das costas ao redor do Mediterrâneo, que agora chamavam de *Mare Nostrum,* administravam povos de línguas e culturas tão diversas quanto bretões e lusos, gauleses e germanos, sírios e judeus, africanos do norte e visigodos. Enriquecida com os tributos que recebia, Roma tornou-se a maior cidade do mundo antigo. Nessa fase, os imperadores romanos construíram grandes fóruns com galerias, vastas salas para o povo, bibliotecas, palácios, termas, templos, tribunais, aquedutos e belos monumentos de interesse público.

Ruínas do Coliseu, Roma, Itália.

Gente de espírito prático, os romanos entendiam como ninguém de administração militar, de leis, de política, de arquitetura, e ainda admiravam a simplicidade, a graça, o bom gosto e a fineza da cultura grega. Assim, inovaram nas áreas de seus talentos práticos, enquanto nos campos da religião, das artes e da filosofia assimilaram os valores gregos.

Logo que seu poderio militar sobrepujou o dos gregos, a elite romana passou a colecionar obras de arte gregas. Foram fundadas escolas de copistas para reproduzir artefatos gregos. Os romanos traduziram para o latim quase todas as obras da literatura grega, e os deuses do Olimpo foram cultuados ao modo latino.

Correspondência entre alguns nomes gregos e latinos para os deuses do Olimpo:

Zeus – Júpiter
Hera – Juno
Atena – Minerva
Ártemis – Diana
Hermes – Mercúrio
Ares – Marte
Hefesto – Vulcano
Afrodite – Vênus
Posêidon – Netuno
Héstia – Vesta
Deméter – Ceres
Eros – Cupido
Dioniso – Baco
Hades – Plutão

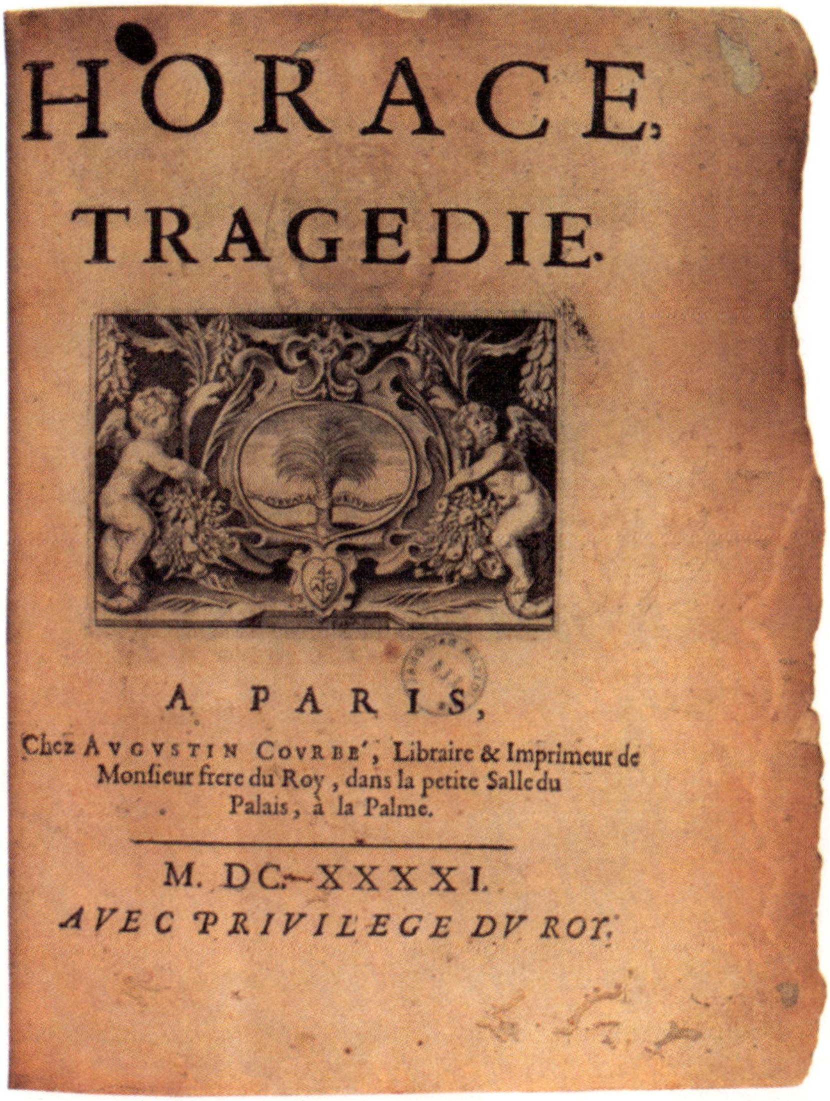

HORACE,
TRAGEDIE.
A PARIS,
Chez AVGVSTIN COVRBE', Libraire & Imprimeur de Monsieur frere du Roy, dans la petite Salle du Palais, à la Palme.
M. DC. XXXXI.
AVEC PRIVILEGE DV ROY.

Pierre Corneille. Horácio: tragédia, 1641, Paris, frontispício desenhado por Le Brun.

A Roma gloriosa do “século de Augusto” encenou, por fim, seu próprio espetáculo da “arte de escrever com arte”, com a poesia de Horácio, autor de *Poética,* que complementa a de Aristóteles; com o lirismo intimista de Ovídio e Catulo; com a epopeia de Virgílio, este, autor da *Eneida*. Renovou a comédia, com o teatro de Plauto e Terêncio. Revigorou a historiografia, com a prosa ensaística de Tácito, Tito Lívio e Plutarco. Com a oratória de Cícero, honrou com brilho as pegadas de Demóstenes, maior orador grego. Ademais, encenou o espetáculo da arte de escrever num enorme território, disseminando o latim como nova língua de cultura, embora convencida de que sua história literária começava na Grécia dos tempos homéricos e da Guerra de Troia.

Virgílio.

À Roma poderosa devemos a sobrevivência da tradição grega no Ocidente, a manutenção do seu prestígio entre nós. Tamanha foi a afinidade romana com as bases estéticas, filosóficas e religiosas helênicas, que os modelos artísticos greco-latinos passaram a existir como um todo — símbolos de um mesmo conjunto de valores — na cultura ocidental.

Por outro lado, na próspera capital, o espírito mercantil se alastrou rápido, o comércio de escravos tornou-se um dos negócios mais lucrativos do império e os cargos públicos foram sendo exercidos por pessoas que pensavam mais nos próprios interesses do que nos do Estado. Com isso, a poderosa sociedade de Roma foi se tornando vítima de sua própria ambição. Ao exibir lutas de gladiadores num circo que ostentava com espantosa crueza a injustiça social, ia plantando a semente de sua decadência.

Nisso, num canto longínquo do império chamado Judeia, nasceu Jesus Cristo, cujos ensinamentos em breve ameaçaram o poder romano no centro de suas ideias, sentimentos e modos de viver.

Pois foi no seio da Roma poderosa que cresceram os adeptos da religião de Cristo: o filho do deus anunciado por recuados profetas hebraicos, que viera explicar a criação do mundo numa versão monoteísta em que os deuses do Olimpo não entravam.

Para os seguidores do novo ente supremo, a humanidade descendia de Adão e Eva, chegava ao mundo com um pecado original e vivia na Terra existência passageira, inferior à que teria no Céu. Com a morte do corpo na Terra, a alma humana subia ao Céu para o Julgamento Final. Dependendo desse julgamento, viveria no Paraíso celeste pela eternidade, ou então no Inferno, ardendo em chamas.

Autor desconhecido. *O pecado original,* miniatura em pergaminho, final do século XIII.

De início, os cristãos em Roma contavam com poucos fiéis, que se reuniam para rezar e se instruir na doutrina religiosa de Jesus. Mas como tais fiéis eram empenhados em converter outras pessoas, logo o rebanho de convertidos à fé cristã aumentou. As autoridades romanas, que seguiam a tradicional religião pública, de muitos deuses, logo reagiram contra a propagação de ideias que diminuíam seus poderes, desatando a perseguir os cristãos. Os cristãos martirizados, atirados às garras dos leões e morrendo em nome da vida eterna prometida por Cristo, acabaram ajudando as classes populares, esmagadas pela minoria rica, a suportar as privações que sofriam. Tal exemplo de força moral, em vez de arrefecer o cristianismo, fortaleceu-o no coração de Roma. Com o tempo, além dos pobres, muitos ricos abraçaram o novo credo. Entre eles, o imperador Constantino, que no ano de 313 acabou com as perseguições religiosas e concedeu benefícios à nova Igreja de Cristo. A partir daí, a situação se inverteu. Os não cristãos foram perdendo liberdade de culto e muitos templos e oráculos pagãos foram destruídos. Em 380, o cristianismo tornou-se religião oficial e, em 392, o paganismo em Roma foi proibido.

5. ROMA CRISTÃ FALA LATIM

Convertido ao cristianismo, Constantino transferiu a capital dos seus vastos domínios para a cidade de Bizâncio, que batizou de Constantinopla, hoje Istambul. Ao escolher para sede do governo a porção oriental do império, região de terras férteis e comércio dinâmico, esvaziou Roma de prestígio, abandonando à própria sorte as províncias ocidentais empobrecidas. Em 395, o Império Romano decadente foi dividido em Império Romano do Oriente e Império Romano do Ocidente, cada qual com seu imperador. O rico Império do Oriente durou muitos séculos ainda. Mas o frágil Império do Ocidente, entregue à mercê das invasões bárbaras, em 476 deixou de existir.

A tomada de Constantinopla pelos turcos em 22 de abril de 1453, in *Viaje d'Outremer* de Bertrand da Broquière.

Por isso uns dizem que quando Cristo nasceu, Roma caiu, e outros afirmam que ela suicidou-se, ambas as declarações contendo parcelas de verdade. Roma caiu porque o cristianismo levou o mundo antigo a seu fim, dando início a uma nova civilização. Roma suicidou-se porque, adoecendo, não quis se tratar. Quando as injustiças de um poder baseado na pilhagem, no saque e no escravismo a carcomiam, preferiu não se emendar. Seus dirigentes fecharam os olhos para a ação dessa força destruidora. Em vez de injetarem tolerância e mudança no sangue da metrópole, deixaram que se iniciasse a anemia. Quando perceberam que ia de mal a pior, preferiram largá-la a consertá-la.

Com o fim da Antiguidade, a cristandade preservaria o latim clássico como língua litúrgica e adotaria um novo calendário para contar sua versão da História. Nela, o mundo que importava começaria do zero a partir do nascimento de Cristo, como se mil anos prévios de cultura greco-latina não valessem. As referências ao tempo mudariam. O que antecedia a Cristo viria a pedir a indicação "a.C." e contagem regressiva dos anos.

O que vinha depois de Cristo ganharia o sinal "d.C." e contagem crescente dos anos. Mudaria também a interpretação da História. Antes de Cristo: tempos pagãos marcados pelo politeísmo, ou culto a vários deuses. Depois de Cristo: a Era Cristã, a terminar no Juízo Final, e vigorando até hoje.

6. TEMPOS BÁRBAROS

Quem eram os bárbaros que invadiram, no século V, o Império Ocidental combalido e sem resistência militar? Eram fugitivos de todos os tipos, que vinham do norte e do longínquo nordeste europeu pressionados por outros povos mais fortes ou por invernos rigorosos. Eram considerados cruéis e selvagens pelos romanos, mas esse sentimento refletia seu desespero, sobretudo quando os romanos lhes recusaram abrigo, que tantas vezes pediram de modo pacífico. Entre os chamados bárbaros estavam grupos godos, francos, germanos, saxões, vândalos, que arrasavam povoados e seguiam adiante cavalgando. Eram os hunos, que, liderados por

Átila, atacaram Roma no ano de 452. Sem rudimentos de leis ou de escrita, os povos bárbaros precipitaram a catástrofe da velha civilização romana. Sabe-se pouco sobre os povos bárbaros. As descrições que temos deles nos foram deixadas pelos romanos, que os desprezavam.

Amiano Marcelino descreveu os hunos em 376:

> *A sua ferocidade ultrapassa tudo:*
> sulcam de profundas cicatrizes, com um ferro, as faces dos recém-nascidos para lhes destruir as raízes dos pelos; e desse modo crescem e envelhecem imberbes e sem graça, como eunucos. Têm o corpo atarracado, os membros robustos e o pescoço grosso; a largura das costas fá-los assustadores. Dir-se-ia que são animais de duas patas ou então aquelas figuras maldesbotadas, em forma de troncos de árvore, que ornamentam o parapeito das pontes. Os hunos não cozinham nem temperam aquilo que comem; alimentam-se de raízes selvagens ou de carne crua do primeiro animal que apanham e a aquecem por algum tempo na garupa do cavalo, entre as coxas. Não têm abrigos. Não usam casas nem túmulos. Cobrem-se com um tecido grosseiro ou com peles de ratos do campo, cosidas umas às outras; não têm uma roupa para estar em casa e outra para sair; desde que enfiam aquelas túnicas de cor desbotada, só as tiram quando elas estão a cair aos bocados... Não põem pé em terra nem para comer nem para dormir, e dormem deitados sobre o magro pescoço da montada, onde sonham à sua vontade...

Em 476, quando findou o Império Romano do Ocidente, Roma era uma cidade despovoada e decrépita, rodeada de campos devastados. Os cristãos que permaneciam nela, acuados pela violência dos tempos, preocupavam-se acima de tudo em assegurar a vida eterna, orando e fazendo penitência. Na esteira deles, os bárbaros se converteram ao cristianismo e, sem técnicas agrícolas ou instrução, contribuíram para o retrocesso geral do conhecimento. Penúria e escassez depauperaram aldeias inteiras. Mortes por fome, peste, ataques sem aviso, garras ferozes de lobos esfaimados tiraram do mapa mais de um vilarejo. Nesse quadro de ruínas, mortandade, ignorância e desprezo pela terra, a Era Cristã completou meio século de existência.

Francisco de Goya. Homem preso pela Inquisição. Desenho mostrando o garrote, uma das formas de execução dos condenados da Inquisição para aqueles que "queriam morrer como cristãos", antes de serem queimados.

Entramos no período que os historiadores em geral chamam de Alta Idade Média, referindo-se à Europa dos séculos VI ao IX, e que muitos historiadores da literatura se comprazem em chamar "Idade das Trevas", ressaltando o obscurantismo de cerca de trezentos anos em que os cristãos, largados a si para edificar seu próprio destino, fecharam-se em claustros, coibindo expansões do corpo, da mente e da imaginação humanas. Assim, para a História Geral, a Idade Média estende-se da queda do Império Romano do Ocidente (476) à tomada de Constantinopla pelos turcos (1453). Mas para a História das Literaturas Modernas, ela começa somente após o século IX.

A *Cantilena de Santa Eulália*, marco inaugural da Literatura Francesa, data de fins do século IX.

Sobre os escombros do mundo pagão, adeus, arte pagã de escrever!

A escrita torna-se privilégio dos clérigos, que a cultivam para fins religiosos. No amanhã das invasões bárbaras, a escrita a bem dizer desapareceu, e os únicos cristãos alfabetizados eram os monges da Igreja, que dedicavam todas as suas energias e saber para a religião. Se os monges educavam e comandavam o rebanho humano ocidental, era no sentido de construir igrejas e glorificar o reino celeste. Até a virada do primeiro milênio, quando se temeu o fim do mundo, a única literatura que cultivaram foram os relatos de vida de santos e os sermões de cunho moral. Quem fugia desses temas podia ser levado ao tribunal eclesiástico, posteriormente chamado de Santo Ofício ou Tribunal da Inquisição, para ser condenado a morrer na fogueira.

Coroado pelo papa em Roma (800), Carlos Magno, rei dos francos, criou uma escola no palácio de Aix--la-Chapelle, para a qual convocou letrados estrangeiros (Alcuíno), reformou a escrita e multiplicou as oficinas de arte nos mosteiros, promovendo um primeiro renascimento medieval que prepara o florescer da literatura feudal no século XI.

Schoonebeck. *Caminhada dos prisioneiros para o auto de fé*, desenho. Em *História da Inquisição*, de Filipe de Limborch, 1692.

Os conventos religiosos da Alta Idade Média, ao mesmo tempo que abrigaram, aprisionaram a literatura. Abrigaram as letras, porque preservaram o conhecimento do latim clássico, em que Virgílio escrevera a *Eneida;* Ovídio, seus poemas; Cícero, seus discursos; e também desenvolveram o teatro religioso, encenando ao ar livre os "mistérios" da vida de Cristo. Aprisionaram a literatura, porque, limitando o latim às rezas, acorrentaram a escrita e o pensamento, atrasando o avanço das artes e das ciências.

7. RESSURGE A "ARTE DE ESCREVER COM ARTE"

Os primeiros documentos em português aparecem pelo fim do século XII e marcam o começo histórico do português arcaico. A canção da "Ribeirinha" (1189), de Pay Soarez Taveirós, seria uma das mais antigas obras da Literatura Portuguesa.

Eis então que chegando o ano 1000, o mundo cristão não acabou. Os sinos das igrejas repicaram, agradecendo a Deus pela sobrevida, num sinal de que, àquela altura, a estada humana na Terra já não era considerada tão ruim.

A paz reinava na cristandade. Sua sociedade se organizava num esquema simples e original, chamado feudalismo, no qual o senhor do castelo dirigia seu feudo, contando com a assistência de nobres vassalos, o serviço braçal dos servos da gleba e a orientação espiritual dos padres, dirigidos pelo papa, em Roma. Os fiéis cristãos permaneciam agarrados à ideia de ir para o Céu, mas de maneira variada, curiosa e criativa.

No abrir do segundo milênio, um bafejo de expansão soprou no ar. Feudos e Igreja ansiaram por vistoriar as terras que foram berço do cristianismo e por enriquecer o reino do Deus feito homem, levando sua mensagem alhures. Rezar, jejuar, entrar para o convento não pareciam mais os únicos meios de salvar a alma. O senhor do castelo e seus nobres vassalos poderiam também salvá-la, partindo em cruzada ao Oriente Médio, a fim de reaver a Terra Santa, onde Cristo nascera. Poderiam praticar boas ações em nome da mulher amada, segundo o ideal do amor cortês. Poderiam ganhar o Céu, apreciando a bela lenda escandinava de Tristão e Isolda, em que o amor sublime resistia aos maiores obstáculos e se consumava na união das almas, após a morte. O importante é que, em tudo, as realidades espirituais elevassem o ser humano e motivassem sua ação, como queria a Igreja. Como queriam também as damas e castelãs feudais que a Igreja formava e que, por sua vez, ansiavam pela suavização dos costumes.

As obras literárias do período feudal nos chegaram na forma de manuscritos copiados com minúcia e devoção pelos clérigos. Tais manuscritos continham, por vezes, ricas iluminuras ou ilustrações coloridas, e apresentavam letras maiúsculas — as capitulares — ornamentadas com fino lavor.

Então a paz, a estabilidade, o desejo de expandir horizontes e de enobrecer a vida com cortesias e delicadezas, e, por que não dizer, damas, monges e cavaleiros andantes fartos de ouvir relatos de vidas de santos e sermões litúrgicos, deram um beijo na "arte de escrever com arte", despertando-a do sono em que mergulhara no período pré-carolíngio.

No século XI, o cenário estava pronto para o ressurgir poderoso da literatura leiga: a que descreve ações humanas para o entretenimento dos humanos, fora do controle das igrejas.

Autor desconhecido. Festa no pomar, gravura do livro *O romance da rosa*, 1490-1500.

No século XIII, *O romance da rosa,* de Guillaume de Lorris, encerra verdadeiro código do amor cortês. O amante, em busca da rosa que o atrai, encontra no caminho comparsas e adversários do amor.

No século XI apareceram as canções de gesta, narrativas heroicas sobre o período de formação do mundo feudal. Uma das mais belas canções de gesta é a "Chanson de Roland", inspirada na luta histórica do rei franco Carlos Magno, unificador dos cristãos, contra os mouros na Espanha, durante o século VIII. Pelo século XI, floresceu na Provença, ao sul da França, a poesia dos trovadores, poetas da devoção amorosa integral à dama de eleição. Nasceu, ainda, de fonte bretã trabalhada por clérigos normandos, o romance de cavalaria, gênero narrativo que celebra o amor verdadeiro posto à prova no ambiente dos bosques povoados pelas fadas e dragões das remotas lendas celtas do tempo do rei Artur e os cavaleiros da Távola Redonda.

O REI ARTUR E A TÁVOLA REDONDA

Contam as tradições celtas que o lendário rei Artur, seguindo os conselhos do feiticeiro Merlim, instituiu no século V da Era Cristã uma ordem de cavalaria chamada de "Távola Redonda", uma vez que seus cavaleiros se reuniam em torno de uma mesa redonda, como prova de igualdade e para evitar favoritismos. No começo, a ordem se compunha de 24 cavaleiros, depois teve 50, cujos nomes estão gravados em Winchester, numa mesa circular.

Artur foi um rei guerreiro que comandou a guerra nacional dos bretães cristianizados contra as tribos dos bárbaros anglo-saxões. Gravemente ferido em combate, morreu na ilha de Avalon. O povo bretão não acreditou em sua morte e durante muito tempo esperou a aparição do grande herói, vencedor dos saxões.

As lendas referentes ao rei Artur e à Távola Redonda difundiram-se na Europa a partir do século XI, quando um clérigo anglo-normando traduziu a *História do reino da Bretanha* para antigo dialeto francês. Durante os séculos seguintes, até finais da Idade Média, as lendas arturianas serviram de tema, com títulos diversos, aos mais admirados dos romances de cavalaria.

O romance de cavalaria, que encantou gerações e gerações de leitores, tornou-se um marco de suma importância na História da Literatura Ocidental. Com esse gênero de narrativas, a "arte de escrever com arte" saiu do anonimato dos mosteiros e passou a merecer a assinatura de um escritor, responsável por sua forma e conteúdo. Saiu dos limites regrados do verso para o campo mais livre da prosa. Deixou de ser texto para leitura em voz alta, perante grupos de ouvintes, virando objeto de leitura individual e silenciosa. A influência do romance de cavalaria na cultura do Ocidente é tamanha que, até hoje, no português do Brasil, a palavra "romance" guarda o significado de "narrativa de fatos imaginários" e "casos de amor".

Vestígios dos "mistérios" medievais, dramas de cunho religioso encenados em praças, podem ser vistos nas apresentações populares da Paixão de Cristo, que ainda se realizam no Brasil durante a Semana Santa.

James Archer. *A morte de Artur,* 1860.

Podemos dizer que, do século XII ao XV, na Idade Média, o romance de cavalaria consolidou com brilhantismo o sistema literário cristão, disseminando pela Europa um modelo narrativo de êxito que vigorou quatrocentos anos.

Ocorre que, nessa faixa de tempo, as características do romance de cavalaria se mantiveram fixas, enquanto a Europa mudou. Passados duzentos anos de feudalismo, a sociedade que produzira a ficção cavalheiresca à imagem dos seus ideais mal se sustinha no esquema de servos cuidarem das glebas; padres, das almas; e nobres, das elegâncias e cortesias das cortes. No século XIII, a nobreza feudal que, com o episódio das cruzadas, entrara em contato com as riquezas do Oriente Médio, reclamava confortos. Esbarrava, entretanto, no dilema de não haver lojas nem dinheiro nos feudos. Só podiam lidar com o comércio os feirantes, tipo de gente que o feudalismo não previra em seus quadros, mas da qual dependia cada vez mais.

Abre com chave de ouro a literatura europeia do século XIV, o admirável poema alegórico *A Divina Comédia*, de Dante Alighieri (Florença 1265- Ravena 1321). A obra é dividida em três partes: Inferno, Purgatório, Paraíso, dimensões do além que o poeta visita guiado, de início, por Virgílio e, depois, por Beatriz. Dante foi o primeiro grande poeta a cultivar o soneto, mas coube a Petrarca (Arezzo 1304- Arquã 1374) a glória de celebrizar essa forma poética das mais afortunadas e duradouras da Literatura Ocidental.

Muitos feirantes tinham origens germânicas e, a partir do século XIII, radicaram-se em feiras permanentes chamadas de “burgos”, o que lhes conferiu a qualidade de burgueses. Nessa fase, houve nobres que, para agitar a vida dos castelos com torneios equestres, foram aos burgos fazer compras e, na falta de dinheiro, acabaram trocando pedaços de feudos e títulos de nobreza por panos e fitas. Não é preciso dizer que, com essas trocas, tais nobres tenderam a empobrecer, enriquecendo os mercadores com os quais negociavam.

Então a história do feudalismo, que até os primórdios do século XIII se desenvolvera com três personagens — o servo, o nobre e o padre —, de repente ganhou o burguês como um quarto figurante, prestes a atuar cada vez mais em seu enredo. O capítulo em que o burguês entra em cena, produzindo e vendendo mercadorias para as comunidades feudais, é conhecido como o da Revolução Comercial, que se intensificou no século XIV.

8. ABERTURA DE ESCOLAS: REVOLUÇÃO NO SABER

Os burgueses não se encaixavam, de fato, no esquema feudal. Distinguiam-se dos nobres porque viviam da produção e venda de mercadorias, e não da renda de terras e outros privilégios. Distinguiam-se dos servos porque trabalhavam com o comércio e a manufatura, não com a lavoura. Distinguiam-se dos padres porque, ao manipular objetos concretos e quantias precisas, acabaram entendendo de física, química, biologia, matemática, engenharia, administração, contabilidade e muitos outros domínios práticos.

Para quem lidava com coisas palpáveis, a Igreja Romana não representava mais aquela instituição que tudo sabia e explicava. Longe disso. Tanto que uma iniciativa burguesa do século XIII foi a abertura de escolas leigas, ou seja, estabelecimentos de ensino independentes de orientação religiosa.

Os mercadores preferiram investir eles mesmos no conhecimento da Terra, onde o bem-estar era real, a tudo apostar num Céu incerto. Pela curiosidade que tinham do mundo e pelo afã de levar adiante descobertas e invenções, impulsionaram, ao longo dos séculos XIV e XV, a corrente de pensamento chamada Humanismo, que defendia os direitos da humanidade como princípio e fim do pensamento filosófico, contrariamente à visão teológica medieval.

Persuadidos de que o estudo da realidade física era a chave do progresso, burgueses e humanistas

Carta hidrográfica universal de Waldseemüller, em *Libro de la Geografía,* de Ciaude Ptolomeu, 1522.

Rosa dos ventos de uma carta náutica portuguesa de 1540.

lideraram as pesquisas que redundaram nas grandes descobertas do século XVI: descoberta da pólvora, da bússola, da circunferência da Terra — astro que girava em torno do Sol —, da rota marítima até as Índias, dos continentes do Novo Mundo, dos tipos móveis para a imprensa. Ávidos por escancarar as portas do saber, os humanistas acabaram lendo com especial interesse as obras mais empoeiradas e esquecidas que encontraram escondidas nos porões dos mosteiros, nisso retomando contato com a literatura latina da antiguidade pagã.

Cabe lembrar que, em 1453, a cidade de Constantinopla, que se tornara a capital política, religiosa e intelectual do Império Bizantino, fora invadida pelos turcos otomanos. Nesse momento, fugindo dos invasores, professores de grego chegaram à Itália trazendo na bagagem o que puderam salvar dos seus livros. Eram exemplares em grego da *Ilíada* e da *Odisseia,* tragédias de Eurípides, fábulas de Esopo, a *Poética* de Aristóteles, e assim por diante. Por intermédio desses eruditos, os humanistas europeus do século XV receberam aulas de grego, puseram-se em condições de ler no original as obras-primas da literatura grega e se convenceram de que os cristãos nunca haviam composto nada de tamanha qualidade.

No século XVI, humanistas e helenistas como Rabelais, autor de *Gargântua e Pantagruel,* logo concluiriam, exagerando na visão drástica: "A Antiguidade clássica greco-latina foi um período esplendoroso para a 'arte de escrever com arte'. Em seguida vieram os cristãos, que se mortificaram para dominar as paixões da carne, espiritualizando a sociedade, sem dúvida, refinando-a, mas tolhendo o livre desenvolvimento da escrita literária. Agora que o humanismo floresce, as letras e as artes poderão reviver, se tomarmos os antigos gregos e romanos como guias." Essa visão esquemática fará com que a Idade Média em bloco seja injustamente rejeitada e ignorada pelos séculos XVII e XVIII, em nome da razão e das luzes. Em compensação, os românticos do século XIX reabilitarão o encanto do mundo medieval, "mar de poesia", segundo Victor Hugo, e instigarão pesquisadores do século XX a estudarem essa época em profundidade.

Leonardo da Vinci,
Máquina de voar.

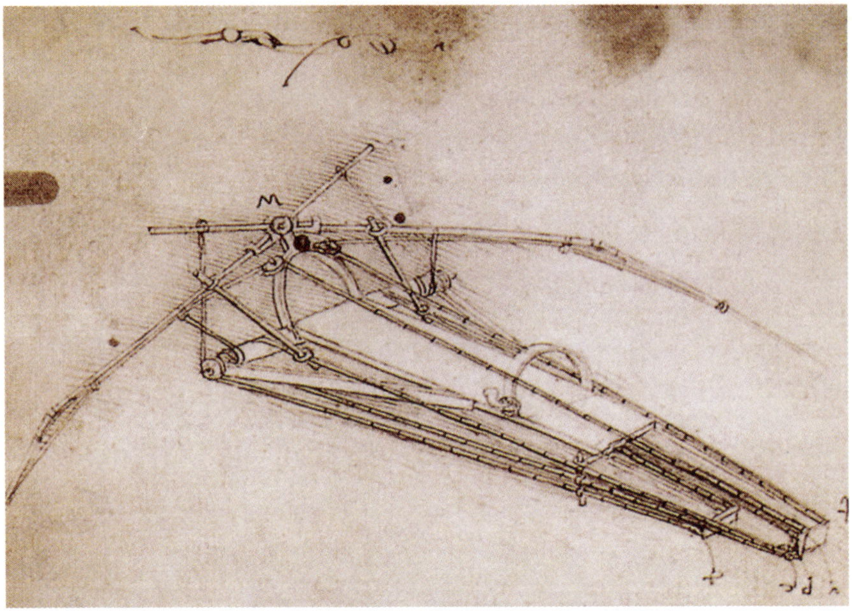

9. A GRANDE RENASCENÇA DAS ARTES E LETRAS

Com a impulsão da imprensa de Gutenberg, brotou com viço o Renascimento, amplo movimento cultural que repunha a civilização cristã nas pegadas da antiguidade clássica, rompendo com os valores do mundo feudal. Ficava entendido que, depois do esplendor das artes na Grécia e seu amadurecimento em Roma, a criatividade humana "morrera" por asfixia, em longa e estéril Idade Média, até "renascer" com a vitória do humanismo.

Luís de Camões, capa de *Os lusíadas*, 1584, Lisboa.

A glorificação do ser humano súbito evidenciou-se nas madonas de Rafael; nas esculturas de Michelangelo; nos desenhos inventivos de Leonardo da Vinci; nos personagens alegóricos *Gargântua* e *Pantagruel,* de Rabelais; nas linhas libertárias de *O elogio da loucura,* de Erasmo de Roterdã; nas tragédias de inspiração romana, como *Júlio César* e *Antônio e Cleópatra,* de Shakespeare; na epopeia de fôlego homérico, Os *lusíadas,* de Camões; na obra de poetas que, entusiasmados pela literatura latina, pretenderam reabilitá-la, escrevendo em latim.

Meu tempo era ainda tenebroso, mas vives numa época em que a luz e a dignidade das letras foram restauradas,

disse o gigante Gargântua em carta ao filho Pantagruel, referindo-se à passagem do século XV para XVI na França.

No esquema "luzes antigas, trevas medievais, luzes atuais", que os renascentistas usaram para contar a história do mundo, a cultura medieval foi desprezada, e o romance de cavalaria, incompreendido, foi posto em ridículo, sob a alegação de que seus enredos mirabolantes perturbavam o juízo do leitor.

"Quem se empolga com as façanhas inverossímeis dos cavaleiros andantes combatendo dragões perde o sentido da realidade e acaba bancando o louco" — é um dos recados que o escritor espanhol Miguel de Cervantes transmite em seu memorável *O engenhoso fidalgo Dom Quixote de la Mancha,* de 1605.

Gustave Doré, ilustração de Dom Quixote, século XIX.

O *DOM QUIXOTE*, DE CERVANTES

Em inícios do século XVII, enquanto a maioria dos países europeus presta culto à civilização pagã greco-latina, restabelecendo o prestígio das tragédias, comédias, odes, sátiras, epopeias, na Espanha de Cervantes os livros mais lidos ainda são os romances de cavalaria. Cervantes decide parodiar as ilusões romanescas dessa literatura escrevendo as aventuras de um velho fidalgo, de coração bondoso, que fica com a cabeça transtornada de tanto ler histórias fabulosas encenadas por cavaleiros andantes e damas formosas dos tempos feudais.

Belo dia, o fidalgo decide viver como os heróis dos livros que o absorviam e sair em busca de aventuras, a fim de alcançar honra e fama. Nesse embalo, pega uma armadura enferrujada que pertencera ao bisavô e um cavalo de aspecto miserável que tinha na estrebaria. Passa quatro dias imaginando que nome dar a tão esplêndido animal, até que o de Rocinante lhe parece elevado e sonoro. Pensa, então, que só lhe falta uma dama a quem possa entregar seu coração e enviar os troféus do seu valor, segundo as regras do amor cortês. Havendo perto uma moça chamada Aldonça Lourenço, acha que com um nome de princesa ela será perfeita, e passa a chamá-la Dulcineia del Toboso. Intitulando-se Dom Quixote de la Mancha, Cavaleiro da Triste Figura, sai pelos desertos de Castela, acompanhado do escudeiro, Sancho Pança, montado, ele, no cavalo esquálido, este, num burrico.

Pelo caminho, a imaginação extravagante de Dom Quixote (que arremete contra moinhos de vento por pensar que são dragões) a toda hora entra em choque com o bom senso de Sancho Pança. Enquanto o escudeiro encarna o espírito terra a terra do burguês realista, o fidalgo sonhador quer viver seu ideal de amor, honra e justiça, ignorando as exigências banais do dia a dia. Com isso, evade-se da realidade para viver num plano de ilusões generosas, mas nada práticas, de onde só sairá para morrer.

A narrativa do *Engenhoso fidalgo Dom Quixote de la Mancha* é uma das grandes e maiores obras da Literatura Ocidental, pelo que encerra de humor, humanidade e sabedoria, sendo, além disso, precioso documento sobre a vida na Espanha há 400/500 anos. Se os romances medievais que inspiraram Cervantes não são mais lidos, seu *Dom Quixote* continua vivo nas livrarias e bibliotecas do mundo inteiro.

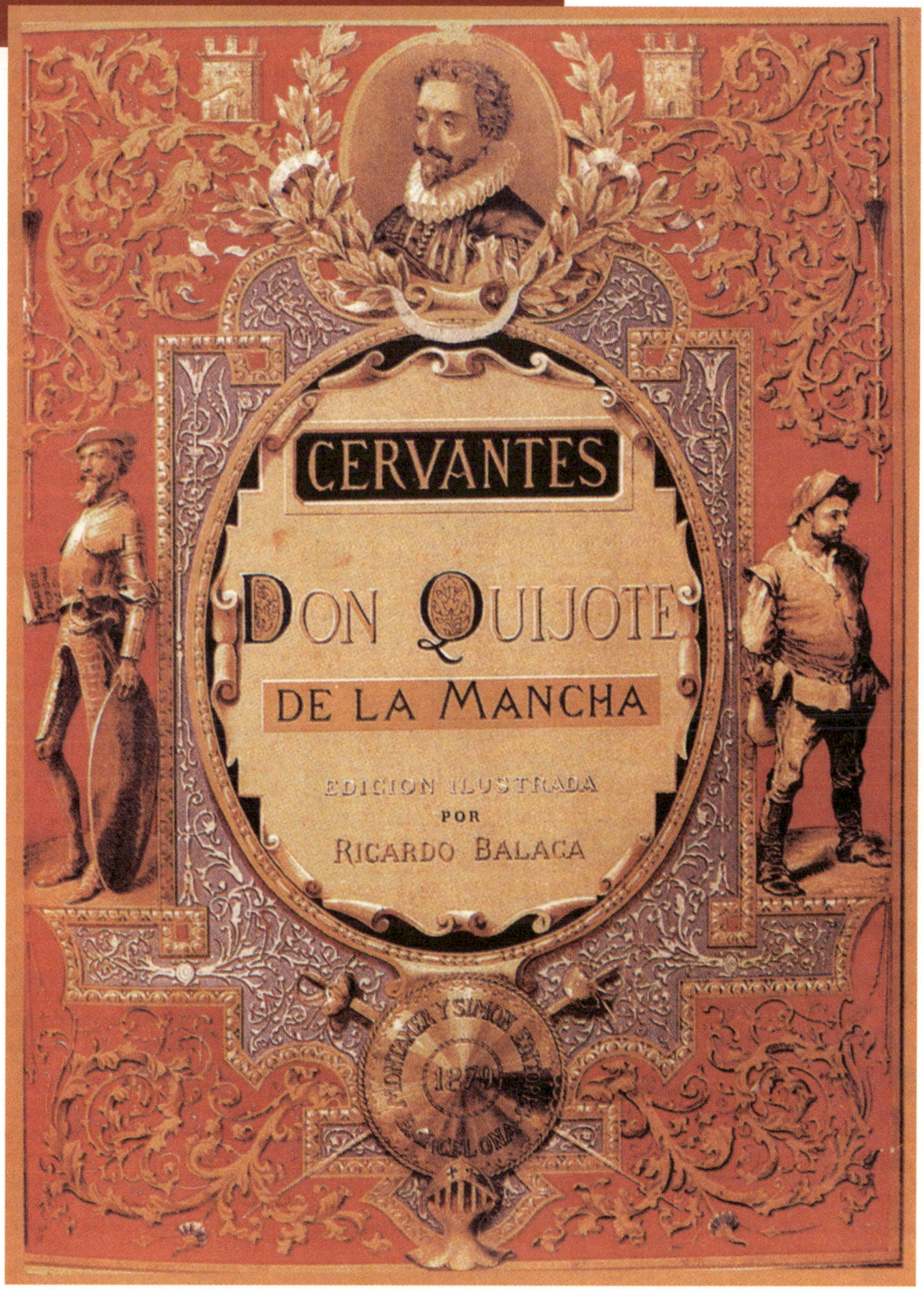

Capa de *Dom Quixote de la Mancha*, edição ilustrada por Ricardo Balaca, 1870.

10. O CLASSICISMO NA FRANÇA DO REI SOL

Enquanto isso, na França de 1600, a Renascença deu à luz uma criança robusta chamada Classicismo. O respeito à tradição clássica, dominando as artes plásticas, mudou a olhos vistos a paisagem parisiense herdada dos tempos feudais. Arquitetos franceses banhados nas fontes da Acrópole ateniense e escultores imersos nos mares da mitologia grega espalharam deuses do Olimpo pelas praças e pelos parques da cidade.

No campo das letras vingou a ideia de que, para produzir grande literatura, o escritor devia escolher um modelo clássico grego ou romano, estudá-lo a fundo, orientar-se por ele e até imitá-lo. Essa imitação não era considerada plágio. Era uma etapa necessária do aprendizado que levaria o poeta a criar obras perenes e universais. A ideia recebeu o nome de "doutrina da imitação" e propiciou o surgimento de obras-primas que figuram entre as mais brilhantes da língua francesa. Entre as obras que nasceram desse princípio estão as tragédias de Racine, baseadas em Eurípides; as comédias de Molière, inspiradas em Plauto e Aristófanes; as fábulas de La Fontaine, modeladas sobre as de Fedro e Esopo; a poética de Boileau, que se guiou pelos ensinamentos de Aristóteles e Horácio.

Para Boileau, teórico máximo do classicismo francês, a disciplina, o respeito às regras ditadas pelo bom senso, a observação do espírito próprio aos gêneros consagrados pela tradição e a leitura dos grandes mestres greco-latinos eram requisitos indispensáveis à elaboração literária de qualidade.

Gustave Doré, ilustração da fábula "O lobo e o cordeiro", de La Fontaine, século XIX.

Entre os gêneros literários que o Classicismo cultivou estão as fábulas, pequenas histórias em verso, contendo no fim uma sentença moral ou aforismo. As fábulas de La Fontaine (1621-1695) apareceram em três coletâneas, publicadas em 1668, 1694 e 1778. Nelas, o fabulista usou animais para instruir os homens, numa transposição bem-humorada da sociedade humana, com seus defeitos e manias, para quadros pitorescos e concisos do mundo animal. "Imitando com originalidade" as fábulas de Esopo, La Fontaine enriqueceu os preceitos tradicionais gregos com sua experiência de vida, seu verso maleável, seu grande senso de harmonia, diálogos vivos e naturais.

Minha imitação não é uma escravidão, afirmou o poeta. Suas fábulas reunidas formam verdadeira "comédia com cem atos diversos" da natureza humana, cujo sucesso se estende até hoje. A celebridade de La Fontaine renovou, no século XVII, a de Esopo, ilustrando de que modo o classicismo francês tanto deveu ao autor grego quanto o beneficiou, prolongando sua fama no Ocidente. Eis a fábula "O Corvo e a Raposa" traduzida em verso livre:

O Corvo e a Raposa

Mestre corvo, empoleirado numa árvore,
Segurava no bico um bom queijo.
Dona raposa, aliciada pelo faro,
Falou-lhe, mais ou menos, neste jeito:
"Ei, bom dia, senhor corvo!
Como estás bonito!
Como me pareces belo!
Sem mentir: se tens a voz à altura das plumas
És a Fênix dos deuses deste bosque!"
Diante de tais palavras,
O corvo não se contém,
Abre um enorme bico,
Deixa cair seu queijo.
Dona raposa o abocanha e diz:
"Meu bom amigo, saiba que quem bajula
Vive à custa de quem o escuta.
Esta lição vale bem um queijo, não achas?"
O corvo, envergonhado e confuso,
Jurou, mas algo tarde, que não mais o enganariam.

O triunfo do Classicismo ligou-se, em muito, à figura de Luís XIV, monarca absoluto de "direito divino", também conhecido como o Rei Sol, cujo reinado pessoal transcorreu de 1661 a 1715. Os anos gloriosos do seu governo protetor de talentos corresponderam aos anos gloriosos do magnífico palácio de Versalhes.

Langlois. *O jardim em frente ao palácio de Versalhes*, c. 1750.

Em Versalhes, Luís XIV e sua corte atraíram os olhares e ambições de toda a Europa, impondo modas, ditando conceitos, determinando o bom-tom, num caso raro de êxito oficial das artes. Muitos críticos comparam o século de Luís XIV ao século de Augusto, em Roma, e ao século de Péricles, na Grécia, como marcos de influência determinante para a história da literatura mundial. Graças a esse período áureo, a irradiação internacional da cultura francesa atingiu seu apogeu no século XVIII, quando o francês tornou-se idioma internacional por excelência e o ideário do Classicismo espalhou-se pela Europa. Fazendo escala em Portugal, o Classicismo embarcou até mesmo para o Brasil, sob o nome de Arcadismo.

Enquanto as letras francesas se difundiam, em 1715, com a morte de Luís XIV, a monarquia entrou em crise em meio aos setores descontentes da burguesia e da massa despossuída. Pois embora os burgueses prosperassem, ocupando altos cargos palacianos, não podiam receber certas regalias reservadas ao clero e à nobreza. Ademais, os nobres e os padres ostentavam velhos privilégios diante da população miserável que aumentava no país, e até mesmo falar disso em Versalhes era dar prova de mau gosto.

S. della Serra, *Costume de Luís XIV em "Apollon"*, século XVII.

11. O SÉCULO DAS LUZES E DOS SOPROS PRÉ-ROMÂNTICOS

Ao lado da miséria gritante, outro filho da Renascença, chamado "espírito de livre exame", ou tendência a tudo submeter ao exame da razão, cresceu. Criança indócil no século XVI, quando Lutero protestara contra a Igreja Romana, dividindo os cristãos em católicos e protestantes, o espírito de livre exame fortalecera-se no século XVII com a repercussão do livro *O discurso do método,* de Descartes, publicado em 1637. Para o filósofo, o questionamento de todo e qualquer dado, à luz da razão, era o primeiro passo da investigação científica. No século XVIII, esse passo foi dado por escritores-filósofos, tidos à época como "esclarecidos" ou "ilustrados", os quais, além de questionar a instituição da Igreja, tal rei ou tal nobre, questionaram os próprios fundamentos da religião, da monarquia e da nobreza. Iniciava-se o século das Luzes ou da Ilustração, que projetaria o gênero do conto filosófico no cenário da literatura.

Porta-vozes do espírito de livre exame, escritores-filósofos como Montesquieu, Voltaire, Diderot, Rousseau, Locke, Hume engajaram-se na causa iluminista, expondo em seus livros questões do feitio: "Por que a autoridade da religião se confunde com a do rei? Por que só os nobres podem ser bispos ou generais? Por que eles abusam dos pobres, e os pobres, mesmo que ajam com nobreza, sempre levam a culpa? Por que só alguns eleitos são proprietários de terras?" Mostrando o quanto tais males contrariavam a razão, os escritores-filósofos impulsionaram o movimento ideológico que culminou com a Revolução Francesa, em 1789.

A vitória dos ideais de liberdade, igualdade e fraternidade derrubou, então, a classe da nobreza, levando à guilhotina seus símbolos maiores, o rei Luís XVI e a rainha Maria Antonieta, em 1793. A Revolução Francesa, que marcou o fim do Antigo Regime e deu ao Ocidente a Declaração Universal dos Direitos Humanos, foi, em grande parte, uma vitória das letras.

Declaração dos Direitos Humanos, 1789.

À queda do Antigo Regime, seguiram-se anos instáveis, marcados por golpes, contragolpes, proibições rigorosas, reformas radicais, fechamento de escolas, prisões sumárias, demolições. Quando os ânimos se acalmaram, permitindo avaliar estragos, viu-se que, com as cabeças dos nobres tinham rolado as de muitos deuses do Olimpo esculpidos em mármore pelos jardins palacianos de Paris. Parecia até que, com a nobreza, a arte clássica caíra junto, decapitada.

Eugène Delacroix. *A liberdade guiando o povo*, 1830.

Ao deixar de ver "razão" nos privilégios dos nobres, muitos iluministas modernos também questionaram a imitação artística dos padrões greco-latinos. Copiá-los por quê, se os tempos recentes tinham produzido literatura tão boa ou melhor? Por que deveriam os franceses renegar seu passado recente, de origens bárbaras e cristãs, para endeusarem um passado remoto, estrangeiro e pagão? Não era isso um mito entreguista e injustificável? Qual o cabimento de poetas ingleses ou alemães, formados pelos ensinamentos bíblicos do Novo Evangelho de Cristo, cultuarem Zeus? A própria "razão cartesiana" reconhecia seus limites, estabelecendo: "A arte tem uma lógica que a lógica racional desconhece. A lógica da arte é de natureza sensível e afetiva. Trata-se de uma intuição ligada à experiência do indivíduo, cuja percepção do mundo varia conforme a época, o lugar, o país em que se vive."

Às vésperas do século XIX, enquanto o racionalismo iluminista punha abaixo o antigo regime nobiliárquico, em nome de nova ordem política e social, era admitido, com relação à área das letras: "Os valores artísticos são relativos, e não seguem a lógica das leis científicas, que são eternas e universais." Nesse período, o setor das artes aproveitou o momento e declarou sua independência, rebelando-se, por ironia, contra a literatura iluminista, dirigida pela razão e pelo espírito de livre exame.

Entre 1770 e 1790, poetas alemães criaram o movimento literário *Sturm und Drang* (Tempestade e ímpeto), que opôs as luzes superiores da sensibilidade e da emoção às do racionalismo. Com isso, o movimento germânico defendeu acima de tudo a liberdade do gênio – essa energia misteriosa que todo artista possui –, contra a obediência às regras do classicismo francês, que os grandes autores iluministas de pendor racional vinham perpetuando na escrita.

Enquanto o *Sturm und Drang* despontava na Alemanha, na Inglaterra, poetas como Gray, Young e Macpherson admitiam com franqueza que achavam as névoas medievais mais românticas do que a limpidez grega da tradição clássica. A influência desses poetas pelo resto da Europa, em pouco tempo, fez-se grande.

"Romantic!...", o adjetivo que os ingleses costumavam empregar quando a visão de algo como um castelo envolto em brumas os comovia, começou a traduzir o sentimento daqueles que se sentiam cansados da arte clássica e do primado da razão. Eis que, então, o anglicismo *romantic* ecoou pelos idiomas do Ocidente com a sonoridade de um novo sopro poético: *Romantique, romântico,* romântico!...

A sensibilidade romântica origina-se nos países anglo--saxões, menos ligados à cultura clássica greco-romana do que os latinos. Entre os nomes mais populares do Romantismo estão os autores de língua inglesa: Wordsworth, poeta dos grandes espetáculos da natureza; Richardson, autor de novelas sentimentais que prefiguram o romance moderno; Walter Scott, que põe em voga o romance histórico de tema medievo; Byron, que difunde a imagem do poeta maldito; Edgar Allan Poe, que consagra o conto gótico de tons macabros, pai da moderna literatura de terror.

Antes de acompanharmos a evolução dos sopros românticos, voltemos à época das Descobertas, para verificar que atividade literária o Brasil desenvolveu no período em que o Renascimento do século XVI, o Classicismo do século XVII e o Iluminismo do século XVIII se sucederam em solo europeu.

3

Escrever com Arte no Brasil Colonial

1. SÉCULO XVI – QUINHENTISMO DOS VIAJANTES E JESUÍTAS

Com a expansão marítima de Espanha e Portugal, a cultura europeia chegou a terras brasileiras em 1500, ofuscando os indígenas que nelas habitavam com a escrita, o papel, o ferro, o vidro, o arado, a bússola, a pólvora, o canhão e outras invenções. Entre a civilização nativa que no Brasil residia e a emigrada, que nele desembarcava, o desnível era grande. Isso explica por que esta civilização derrotou a dos nativos, quer por meio das pistolas e dos arcabuzes, quer por meio dos valores culturais que os nativos foram forçados a assimilar.

Frontispício do livro de Hans Staden, de 1557. Em vermelho, parte superior: "História verídica e descrição de uma terra de selvagens..."

Warhaftig
Historia vnd beschreibung eyner Landtschafft der Wilden/Nacketen/Grimmigen Menschfresser Leuthen/in der Newenwelt America gelegen/vor vnd nach Christi geburt im Land zů Hessen vnbekant/biß vff dise ij. nechst vergangene jar/Da sie Hans Staden von Homberg auß Hessen durch sein eygne erfarung erkant/vnd yetzo durch den truck an tag gibt.
Dedicirt dem Durchleuchtigen Hochgebornen herrn/H. Philipsen Landtgraff zů Hessen/Graff zů Catzenelnbogen/Dietz/Ziegenhain vnd Nidda/seinem G. H.
Mit eyner vorrede D. Joh. Dryandri/genant Eychman/Ordinarij Professoris Medici zů Marpurgk.
Inhalt des Büchlins volget nach den Vorreden.
Getruckt zů Marpurg/im jar M. D. LVII.

De qualquer forma, os portugueses que acharam o Brasil tardaram a povoá-lo com pessoas interessadas na arte de escrever. Só em 1530 iniciaram a colonização do território encontrado, e só em 1549, com a vinda dos religiosos jesuítas, promoveram a instrução do índio para fins cristãos. Assim, a Literatura Brasileira do século XVI reúne apenas relatos de viajantes que retrataram nossa terra, para curiosidade do homem europeu, e algum teatro sacro, hinos e cânticos escritos pelos jesuítas para efeito de conversão dos selvagens. A rigor, reúne reportagens sobre nossa realidade e textos que divulgavam lições de catecismo.

A reportagem que inaugurou nossa literatura quinhentista foi a carta de Pero Vaz de Caminha, escrivão da frota de Pedro Álvares Cabral, "a El-Rei D. Manuel, sobre o achamento do Brasil". Trata-se de um documento bem-redigido e de inestimável valor histórico do único "repórter" que retratou o Brasil no seu nascimento, transmitindo informações do gênero ao rei de Portugal:

> *Esta terra, senhor, nos pareceu vista do mar*
>
> **muito grande, porque a estender os olhos, não podíamos ver senão terra e arvoredo. Até agora não podemos saber se há ouro ou prata nela, ou outra coisa de metal, ou ferro. Porém, a terra, em si, é de muitos bons ares, frescos e temperados. As águas são muitas, infinitas. Em tal maneira é a terra graciosa que, querendo-a aproveitar, dar-se-á nela tudo, por causa das águas que tem. Há no Brasil grandíssimas matas de árvores agrestes, de madeiras fortíssimas para se poderem fazer delas fortíssimos galeões. Mas o melhor fruto que dela se pode tirar parece-me que será salvar a sua gente. E essa deve ser a principal semente que Vossa Alteza nela deve lançar.**

Outras reportagens colhidas no Brasil por portugueses que o observaram atentos, nos tempos iniciais da colonização, foram a *História da província de Santa Cruz,* de Pero Magalhães Gândavo; o *Tratado descritivo do Brasil,* de Gabriel Soares de Sousa; e *Tratados da terra e gente do Brasil,* de Fernão Cardim. Os títulos bem demonstram a ambição documental dos autores e a ausência de pretensão artística.

Selo comemorativo dos 400 anos do *Tratado descritivo do Brasil,* de Gabriel S. de Sousa, 1987.

Menos documentais e mais didáticas foram as obras que os jesuítas escreveram no Brasil quinhentista, com o objetivo de converter os índios à fé católica. Num movimento inverso ao da literatura informativa, que enviava notícias do Brasil para os europeus, a literatura que os jesuítas produziram, recheada de lições de catecismo, trouxe informações da Europa para cá, pondo o índio em contato com histórias da vida de Cristo e da Bíblia, apresentando-o às figuras da Virgem Maria, dos anjos celestes, do alfabeto romano. Ao mesmo tempo que os jesuítas prolongaram entre nós a visão medieval de um mundo explicado pela religião e fechado ao espírito da Renascença, eles se empenharam em intelectualizar o índio, ensinando-o a ler e a escrever. Não é de espantar que os jesuítas tenham ganhado o controle da educação na colônia.

Selo em homenagem à beatificação do Padre José de Anchieta, 1980.

O padre José de Anchieta foi o jesuíta de maior atuação entre nós no século XVI. Veio em 1553 para o Brasil, onde morreu em 1597, com fama de santidade e muitos milagres. Escreveu tanto uma literatura de caráter informativo quanto vinculada ao ensino dos índios. Seu objetivo era civilizar o índio pagão, salvá-lo do fogo do Inferno, convertendo-o ao cristianismo. Para tanto, escreveu peças teatrais, ou dramatizações singelas de temas bíblicos, em que anjos e diabos travavam lutas e operavam milagres. Anchieta estudou o tupi-guarani e elaborou uma cartilha gramatical dessa língua, contando alfabetizar os índios no idioma deles. Numa ocasião, cativo entre os selvagens, consta que o missionário escreveu longo poema de devoção religiosa na areia da praia e o guardou de memória, até voltar para a povoação portuguesa.

A literatura informativa dos viajantes portugueses e a dos missionários jesuítas atestam que o exercício das

ARTE DE GRAMMATICA DA LINGOA
mais vſada na coſta do Braſil.
pelo padre Ioſeph de Anchieta da Cõpanhia de IESV.

Com licença do Ordinario & do Prepoſito geral
da Companhia de IESV.
Em Coimbra per Antonio de Mariz. 1595.

José de Anchieta. *Arte de grammatica da lingoa mais usada na costa do Brasil*, 1595, Coimbra.

letras existiu no Brasil do século XVI — porém não como literatura de criação, concebida pela mente e pela maneira de ser do brasileiro.

No século seguinte, os dados se alteram um pouco, à medida que ambições mais artísticas e complexas aparecem na colônia. Vejamos como.

2. SÉCULO XVII – SEISCENTISMO BARROCO BAIANO

Em 1601, no Brasil das capitanias hereditárias, Bento Manuel Teixeira dedicou ao donatário de Pernambuco, Duarte Coelho, o poema épico *Prosopopeia,* que arremedava, sem grandeza, a poesia de Camões. O título: *Pro-so-po-peia,* nome que os antigos gregos davam à figura de linguagem que empresta voz a entidades inanimadas, ou desprovidas de fala, já indicava que o propósito da obra não era descrever o Brasil nem converter os índios. Era figurar como obra de criação literária inserida na melhor tradição clássica europeia.

Pode-se dizer, então, que, a partir de 1601, as ambições puramente artísticas despontaram no Brasil, notadamente nos centros de produção açucareira da Região Nordeste. Mas isso se deu num contexto cultural precário e marcado por contradições de base.

No século XVII, o ensino seguia sendo monopólio dos jesuítas, mas a instrução esmerada era privilégio de uma minoria de colonos que iam estudar em Coimbra. As mulheres não estudavam. Havia uma classe de comerciantes no país, mas a censura religiosa e entraves políticos impediam que ela avançasse na área de empreendimentos científicos e tecnológicos.

O humanismo dinamizava a Europa, mas permanecíamos arraigados à preocupação teológica de propagar a fé e construir igrejas suntuosas. Os jesuítas insistiam na catequese dos índios, mas fechavam os olhos para a escravidão do negro.

Os brancos eram instruídos nos princípios morais da religião cristã, mas tinham hábitos desregrados. Os filhos dos senhores de engenho usavam e abusavam do corpo das escravas negras, mas contraíam matrimônio no interior de igrejas ornamentadas a ouro com donzelas alvas da estirpe deles.

Também Bento Teixeira pertencia ao Novo Mundo, mas escrevia sua *Prosopopeia* como se quisesse ser lido e admirado pelo Velho Mundo. Vivia rodeado de pessoas incultas, mas ostentava uma linguagem rebuscada e jogos de ideias extremamente sutis. Não tinha público leitor nos trópicos, mas queria ser lido pelo público camoniano.

Entende-se que a primeira literatura produzida numa colônia "malresolvida" em sua identidade cultural e fundamentos econômicos, isto é, num território bravio, escoadouro dos conflitos religiosos e mundanos dos colonizadores portugueses, divididos entre expansão, Inquisição e falência do comércio com o Oriente, só pudesse nascer mesmo contorcida, como no soneto a seguir do poeta baiano Gregório de Matos e Guerra, ilustre praticante do estilo culto da época:

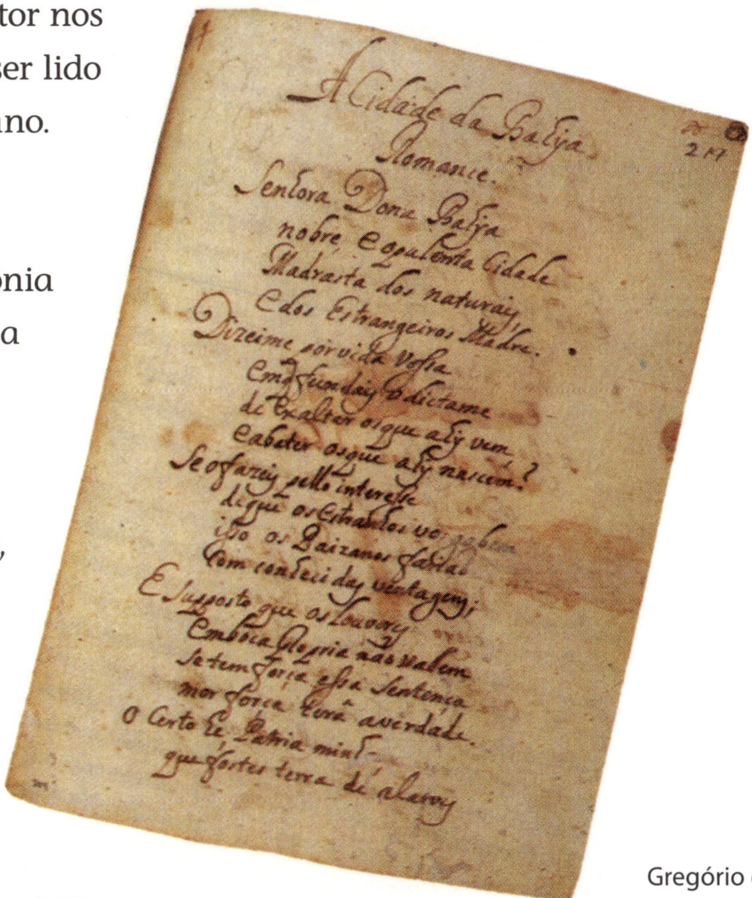
A Cidade da Bahia
Romance.
Senhora Dona Bahia
nobre e opulenta Cidade
Madrasta dos naturais
E dos Estrangeiros Madre.

Gregório de Matos.
Códice com poesias.
Letra do século XVII.

O todo sem a parte não é o todo;
A parte sem o todo não é parte;
Mas se a parte o faz todo, sendo parte,
Não se diga que é parte, sendo o todo.

Em todo o Sacramento está Deus todo,
E todo assiste inteiro em qualquer parte,
E feito em partes todo em toda a parte,
Em qualquer parte sempre fica todo.

O braço de Jesus não seja parte,
Pois que feito Jesus em partes todo,
Assiste cada parte em sua parte.

Não se sabendo parte deste todo,
Um braço que lhe acharam, sendo parte,
Nos diz as partes todas deste todo.

Selo comemorativo pelos 350 anos do nascimento de Gregório de Matos e Guerra, 1986.

Cultismo à parte, Gregório de Matos nasceu na Bahia em 1936. De família abastada, estudou em Coimbra e foi o primeiro poeta a satirizar os tipos sociais da colônia, como os brasileiros, os portugueses, os membros do clero, os baianos, os nativos, os negros. Ao satirizar os portugueses que exploravam os brasileiros, revelou seu sentimento nativista. Foi apelidado de *Boca do Inferno,* tamanha era sua fama de maledicente. O próprio poeta se definiu assim:

Eu sou aquele, que os passados anos,
Cantei na minha lira maldizente
Torpezas do Brasil, vícios e enganos.

Gregório de Matos compôs vasta obra poética, antes de morrer no Recife, em 1696. Além de poemas satíricos, deixou poemas amorosos de ousada sensualidade, nos quais convida a mulher amada a viver os prazeres da carne. Compôs ainda poemas religiosos em que busca, arrependido de ter pecado, o perdão de Deus.

Pequei, Senhor, mas não porque hei pecado,
Da vossa alta clemência me despido;
Porque, quanto mais tenho delinquido,
Vos tenho a perdoar mais empenhado.

As ambiguidades do Brasil colônia, durante o século XVII, também se refletiram na vida e na obra de padre Antônio Vieira, nascido em Lisboa em 1608 e morto na Bahia em 1697. O pregador jesuíta, ao mesmo tempo que se dedicou ao trabalho sacro, envolveu-se como homem de ação nas polêmicas sociais e políticas do seu tempo, com posicionamentos tanto retrógrados quanto avançados. Uma hora, defensor dos índios, Vieira acirrou o ódio dos colonos maranhenses que queriam escravizá-los. Outra hora, defensor dos cristãos-novos de origem judaica, o pregador foi perseguido pelo Tribunal da Inquisição. Protestou contra a escravidão

Padre Antônio Vieira convertendo os índios do Brasil.

dos índios, mas sugeriu a dos negros. Aceitou a dos africanos, mas denunciou-a com veemência ao retratar a colônia neste belo sermão:

> *Os senhores poucos, os escravos muitos;*
> *os* senhores rompendo galas, os escravos despidos e nus; os senhores banqueteando, os escravos perecendo à fome; os senhores nadando a ouro e prata, os escravos carregados de ferros; os senhores tratando-os como brutos, os escravos adorando-os e temendo-os como deuses; os senhores em pé apontando para o açoite, como estátuas da soberba e da tirania, os escravos prostrados com as mãos atadas atrás, como imagens valíssimas da servidão e espetáculos de extrema miséria. Oh, Deus! Quantas graças devemos à fé que nos destes, porque só ela cativa o entendimento para que, à vista destas desigualdades, reconheçamos, contudo, vossa justiça e providência! Estes homens não são filhos do mesmo Adão e da mesma Eva? Estas almas não foram resgatadas com o sangue do mesmo Cristo? Estes corpos não nascem e morrem como os nossos? Não respiram o mesmo ar? Não os aquenta o mesmo sol? Que estrela é logo aquela que os domina tão triste, tão inimiga, tão cruel?

Pelo que se sabe da colônia rude e contraditória em que Bento Teixeira, Gregório de Matos e Antônio Vieira viveram, não é de espantar que tenham-nos legado uma literatura cheia de antíteses, paradoxos, malabarismos formais e conflitos místicos. Essa expressão verbal conturbada e cindida por tensões opostas os historiadores chamaram de "barroca", talvez por evocar a beleza ao mesmo tempo disforme e preciosa, rebuscada e imperfeita, das "pérolas barrocas".

O termo *barroco* aplica-se hoje a todas as manifestações artísticas ocorridas no Brasil colonial, entre 1600 e 1700, seja na literatura, na música, na pintura, na escultura ou na arquitetura. Num olhar de conjunto, é fácil perceber o parentesco que há entre a *Prosopopeia* de Bento Teixeira, a poesia de Gregório de Matos e os sermões do padre Antônio Vieira, com a ornamentação excessiva, o ouro extravagante, o clima de quente sensualidade e de pesados dilemas místicos que vemos no interior das igrejas baianas do século XVII.

3. SÉCULO XVIII – ARCADISMO MINEIRO

No século XVIII, a Literatura Brasileira continuou girando como um satélite exótico em torno do sol europeu, que lhe ditava motivos e valores. Só que não girou mais a partir do Nordeste açucareiro, e sim da região das jazidas de ouro das Minas Gerais. Se no Barroco, Bahia, Recife e Maranhão deram o tom de nossas letras seiscentistas, no Arcadismo, Vila Rica e Minas Gerais desempenharam esse papel nos setecentos.

A mineração do ouro, mudando o eixo econômico da colônia para a região montanhosa do sudeste, ocasionou o desenvolvimento da cidade de Vila Rica, hoje Ouro Preto, dotada de público leitor regular, formado por funcionários públicos, comerciantes, profissionais liberais e mesmo sacerdotes. Isso possibilitou o surgimento de uma geração mais numerosa de poetas significativos, como Cláudio Manuel da Costa, Silva Alvarenga, Basílio da Gama,

Selo comemorativo pelos 250 anos do nascimento de Basílio da Gama, 1991.

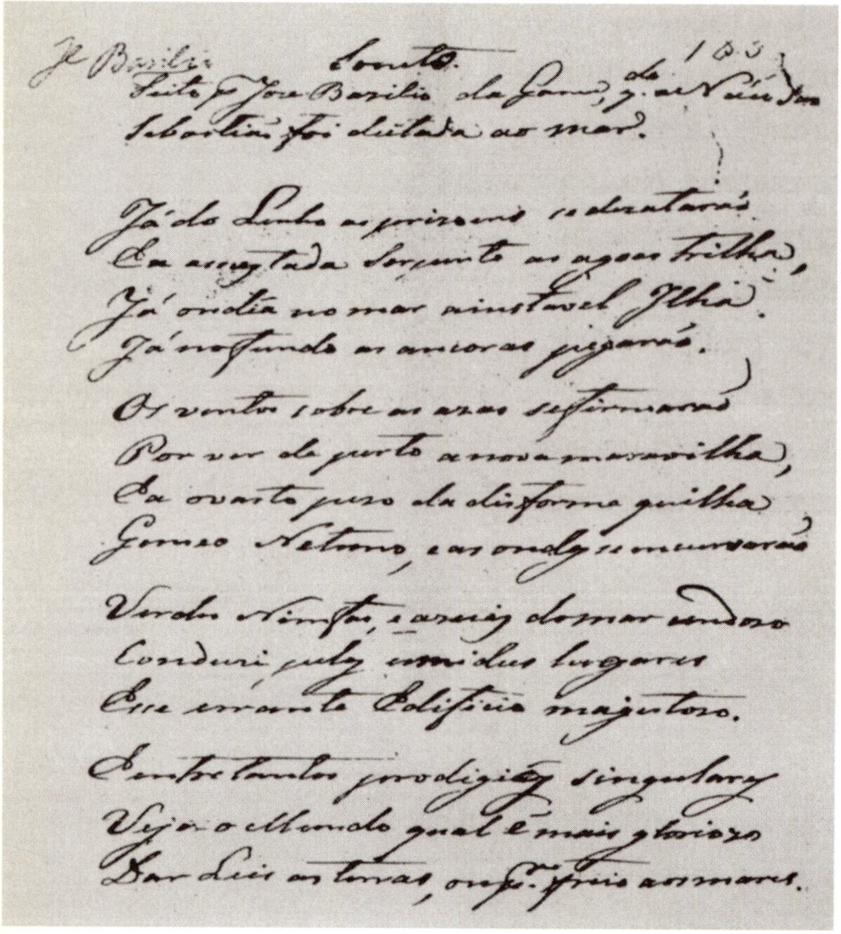

Manuscrito setecentista de soneto de Basílio da Gama.

Alvarenga Peixoto, Tomás Antônio Gonzaga. Esse grupo cultivou entre nós a "arte de escrever com arte" segundo os moldes das arcádias: sociedades literárias inspiradas na Arcádia Romana, criada em 1690, na Itália, pela rainha Cristina da Suécia, no fito de combater os excessos da arte barroca mediante o retorno aos valores simples da poesia pastoril greco-latina.

O arcadismo brasileiro seguiu o modelo da Arcádia Lusitana, fundada em Lisboa no ano de 1756, em torno dos lemas *Inutilia truncat*: cortar o inútil (truncar inutilidades), e *Fugere urbem*: fugir da cidade, para estreitar contato com a natureza, fonte de harmonia. Desse contato ideal com a natureza teriam usufruído os pastores árcades da Grécia antiga, no *locus amoenus* (refúgio ameno) da Arcádia, montanha do Peloponeso consagrada a Apolo e às musas. Como se vê, a Arcádia Lusitana era uma escola neoclássica que repunha em moda a mitologia grega.

A Escola Arcádica chegou ao Brasil em 1768, quando o poeta Cláudio Manuel da Costa, nascido em Mariana, Minas Gerais, fundou a Arcádia Ultramarina em Vila Rica. Como bom discípulo árcade, idealizou em versos a vida campestre pastoril:

Sou pastor; não te nego; os meus montados
São esses, que aí vês; vivo contente,
Ao trazer entre a relva florescente
A doce companhia dos meus gados.

Também compuseram poemas em que pastores celebram pastoras os poetas mineiros Silva Alvarenga e Alvarenga Peixoto, este, autor de *Eneias no Lácio,* título romano por excelência. Mas o brasileiro que melhor realizou o ideal da Arcádia foi o poeta Tomás Antônio Gonzaga, em sua única obra poética, *Marília de Dirceu,* de 1792, na qual expressou com elegância, simplicidade e clareza a nostalgia da existência calma no campo:

Enquanto pasta alegre o manso gado,
Minha bela Marília, nos sentemos
À sombra deste cedro levantado.
Um pouco meditemos
Na regular beleza,
Que em tudo quanto vive, nos descobre
A sábia natureza.

Tomás Antônio Gonzaga, retrato idealizado, divulgado por Joaquim Norberto de Sousa Silva em *Marília de Dirceu,* Paris, 1862.

Mineiro de Tiradentes e membro da Arcádia Romana, Basílio da Gama publicou, em 1769, *O Uraguai.* Trata-se de uma epopeia sobre a luta empreendida pelas tropas portuguesas e espanholas contra os índios dos Sete Povos das Missões, sublevados pelos jesuítas após o Tratado de Madri, em 1750. Alguns historiadores veem na glorificação do índio que enfrenta a civilização europeia, bem como na crítica do autor aos jesuítas, um nascente sentimento antieuropeu. Outros críticos salientam as fraquezas de uma obra que retrata os índios como se eles fossem pastores árcades.

Mineiro de nascimento, que cedo se radicou em Portugal, onde se ordenou padre e nunca mais voltou ao Brasil, foi Santa Rita Durão, autor de outra epopeia de tema colonial: *Caramuru — poema épico do Descobrimento da Bahia,* publicada em Lisboa, em 1781.

Selo comemorativo pelos 200 anos da publicação do poema "Caramuru", de José de Santa Rita Durão, 1981.

O navegante Diogo Álvares Correia naufraga na costa da Bahia e é recolhido pelos índios. Na ocasião, dispara um tiro de espingarda e assombra os selvagens, que passam a chamá-lo Caramuru, "filho do trovão", venerando-o como um deus. Diogo Álvares empenha-se em catequizar os índios e em educá-los. No litoral baiano, acaba casando-se com a índia Paraguaçu e logo embarca com a esposa para a Europa, a fim de pedir a bênção do rei de França. No momento em que o casal parte de navio, jovens índias se atiram ao mar e nadam desatinadas atrás da nau, esperando obter um adeus do "filho do trovão". Entre elas nada Moema, a amante preterida no casamento, que morre afogada, suspirando:

Ah! Diogo cruel!

A participação dos poetas árcades na Inconfidência Mineira, movimento precursor da nossa independência política, associa falsamente o arcadismo brasileiro a um esforço de emancipação

Victor Meirelles de Lima. *Moema*, 1866.

literária, que de fato não ocorreu. Os poetas da Arcádia Ultramarina, também chamada Escola Mineira, não pensaram em criar uma literatura brasileira independente da portuguesa, mesmo quando lidaram com temas vinculados à colônia. Queriam escrever com a competência dos europeus, na qualidade de cidadãos do mundo das letras ocidentais, regidas pelos padrões imortais e universais do berço grego.

	1500/século XVI	1600/século XVII	1700/século XVIII
EUROPA	Renascimento Grandes Navegações	Classicismo Século de Luís XIV	Iluminismo Século das Luzes
BRASIL COLONIAL	QUINHENTISMO Viajantes/Jesuítas	SEISCENTISMO Barroco/Bahia	SETECENTISMO Arcadismo/Minas Gerais
	Pero Vaz de Caminha Anchieta	Gregório de Matos Padre Antônio Vieira	Tomás Antônio Gonzaga Basílio da Gama
	Reportagens Obras religiosas	Prosopopeia Poemas satíricos Sermões	Poemas pastoris Epopeias coloniais

Afirmação da Escrita Artística no Brasil Independente

4

1. O MAL DO SÉCULO XIX

O século XIX no Ocidente levou a burguesia ao poder, diminuiu as fronteiras que separavam as classes sociais e os gêneros literários, transformou o livro em objeto de vasta circulação, permitiu que vários escritores vivessem da "arte de escrever com arte".

Em 1800, na Europa, o racionalismo que destruíra o Antigo Regime revolucionava agora a indústria, inventando máquinas que produziam mercadorias de forma mecanizada e em grande escala. Dirigida pelo espírito científico e a mentalidade prática, outra transformação ocorria: a Revolução Industrial, voltada para a manufatura de bens, o fabricar, o produzir.

Uma nova racionalidade valorizava o trabalho e o dinheiro, desdobrando-se em especialidades empreendedoras. A "razão científica" descobria que o vapor era capaz de locomover trens, barcos, usinas. A "razão prática" enriquecia os empresários burgueses. A "razão capitalista" transformava os antigos servos em operários que modernizavam as cidades. A "razão otimista" apostava no progresso tecnológico como solução para os males do Ocidente.

Ora, os poetas ingleses, que suspiravam diante de castelos sumidos nas brumas e o qualificavam de *romantic,* não depositavam a mesma crença no progresso. Nem os alemães herdeiros do movimento *Sturm und Drang,* que se curvavam ante os mistérios do gênio inexplicável. Tampouco os franceses, que haviam lido *Os devaneios do caminhante solitário,* de Jean-Jacques Rousseau, e, como ele, procuravam refúgio nos bosques ermos, distantes das metrópoles ruidosas, cor de carvão.

Dissera o pré-romântico Rousseau:

> *Galgo os rochedos, as montanhas, mergulho nos vales* **nos bosques, para me furtar, tanto quanto possível, à lembrança dos homens e aos ataques dos maus. Parece-me que sob as sombras de uma floresta sou esquecido, livre e calmo, como se não mais tivesse inimigos ou como se a folhagem dos bosques me defendesse.**

Em plena Revolução Industrial, o espírito poético dissociou-se da ciência, com demandas emotivas que a razão não podia satisfazer. Adotando o termo "romântico" para traduzir seus anseios, realizou sua própria revolução literária, sob o signo do sentimento e da imaginação.

Girodet-Trioson. *Chateaubriand*, c. 1807.

A partir de obras como *Os sofrimentos do jovem Werther*, de Goethe; *Da Literatura* e *Da Alemanha*, de Madame de Stael; *O gênio do cristianismo*, de Chateaubriand; e a poesia de Coleridge e Wordsworth, o Romantismo firmou-se como movimento literário oposto à estética clássica e à ordem racional dominante.

Ao contrário do Classicismo, que prezara a civilização *antiga, greco--latina e pagã*, o Romantismo defendeu a expressão *moderna, nacional* e *cristã*, o que levou as modernas nações europeias a enaltecerem suas origens feudais. Em vez de promover a imitação de modelos eternos e universais, centrou-se naquilo que faz a singularidade efêmera de cada ser. Mais do que se enquadrar nos projetos da sociedade industrial e suas máquinas a vapor, quis se entregar aos devaneios no seio da natureza virgem, não desbastada pela civilização. No lugar de entender o mundo pela inteligência, quis vivê-lo com a emoção.

O poeta romântico cantou o seu "eu" na dimensão do mundo que lhe era próximo: o pequeno espaço da casa, da família, da igreja, da aldeia. Poetizou seu passado biográfico evocando saudades trazidas da infância. Reviveu primeiros sonhos, amores, paixões, desilusões. Tratou o tema da busca pessoal da felicidade, livre de obrigações religiosas, convenções sociais, regras de composição.

Disse o poeta romântico francês Victor Hugo:

O Romantismo nada mais é do que o liberalismo em literatura.

Exaltando amores, saudades, liberdades pessoais, o poeta romântico dificultou sua convivência com uma civilização que apostava na indústria como alavanca do progresso. Debalde cidades como Paris e Londres se agigantavam, o poeta romântico era um gigante que não cabia em ruas de cidade alguma. Num começo de século empolgado com o progresso, declarou-se vítima do "mal do século". Para se curar da doença, procurou a evasão nos campos rústicos, nos montes altos, nos grandes espaços da natureza intocada, esperando um consolo que não veio.

O campo era calmo e silencioso, os montes eram belos e majestosos, mas as grandes paisagens da natureza também eram mudas e impassíveis. O poeta romântico perguntou-se: "De que serve amar a natureza sem retorno? De que serve compor versos geniais que ninguém lê? Palavras sensíveis que ninguém ouve?" Em busca de glória, voltou à cidade, publicou seus versos, descobrindo que o retorno financeiro mal pagava boa refeição. Aí, gritou desesperado: "Que mundo é esse, que não sustenta o poeta? Que em todo canto lhe devolve indiferença?"

Thomas Phillip, retrato idealizado de Lord Byron vestindo trajes albaneses.

Esse drama vivido na poesia de românticos como Lorde Byron, Lamartine, Musset e Vigny, o avanço do século só fez agravar. Ao exacerbar seu conflito com a sociedade e a natureza, a alma romântica tornou-se "ultrarromântica", isto é, tendeu a radicalizar sua postura marginal frente ao sistema dominante e às próprias coordenadas da existência. Seu mal-estar, antes suave e melancólico, virou angústia atroz, amargor rebelde, acentuado pendor para a destruição. Seu humor, de sombrio que era, virou macabro e delirante. A pergunta que o poeta "ultrarromântico" tinha na boca parecia ser: "Que gesto extremo praticar, para merecer atenção?"

Num rápido sobrevoo da literatura europeia no século XIX, é fácil ver o "mal do século" em ação. Em 1774, na Alemanha, o personagem Werther, de Goethe, encarnara o desespero romântico suicidando-se. A partir dele, muitos poetas dos oitocentos descuidaram da saúde, enfraqueceram seus organismos e morreram tuberculosos. Em 1835, o personagem Chatterton, de Vigny, desencantado com a sociedade burguesa, atirara sua obra ao fogo antes de morrer, atitude decerto imitada por outros gênios românticos incompreendidos. "Ultrarromântico" assumido, o grande poeta Charles Baudelaire entregou-se à enganosa sedução do vinho, do tabaco e do ópio como solução para o tédio da existência. Sua obra-prima, *As flores do mal*, de 1857, foi condenada como imoral pela Justiça. Em 1875, o poeta Rimbaud, autor de *Alucinações* e *Uma estação*

Sob influência francesa, o Romantismo instala-se em Portugal com o poema "Camões" (1825) de Almeida Garrett. Dramaturgo em *Frei Luís de Sousa* (1844); prosador em *Viagens na minha terra* (1846); poeta lírico em *Folhas caídas* (1853), Garrett preconiza o retorno às tradições nacionais lusas. Alexandre Herculano com *Eurico, o presbítero* (1844) é o representante maior do romance histórico português. Garrett e Herculano foram muito lidos no Brasil.

no Inferno, desistiu da poesia na flor da idade e foi embora negociar armas na África. Por volta de 1880, poetas mal-integrados na sociedade criaram o grupo dos Decadentes e se dedicaram de corpo e alma ao “desregramento dos sentidos”, convencidos de que assistiam aos suspiros de agonia da Civilização Ocidental.

Em meio às primeiras manifestações do “mal do século” na poesia, desabrocharam tendências realistas no romance. Escritores como Balzac, na França, e Dickens, na Inglaterra, procuraram rivalizar com os arquivos públicos no registro dos costumes da época. Mas também acusaram o conflito do artista com a sociedade industrial. Em 1857, um romancista dedicado à “arte pela arte”, como Flaubert, respondeu

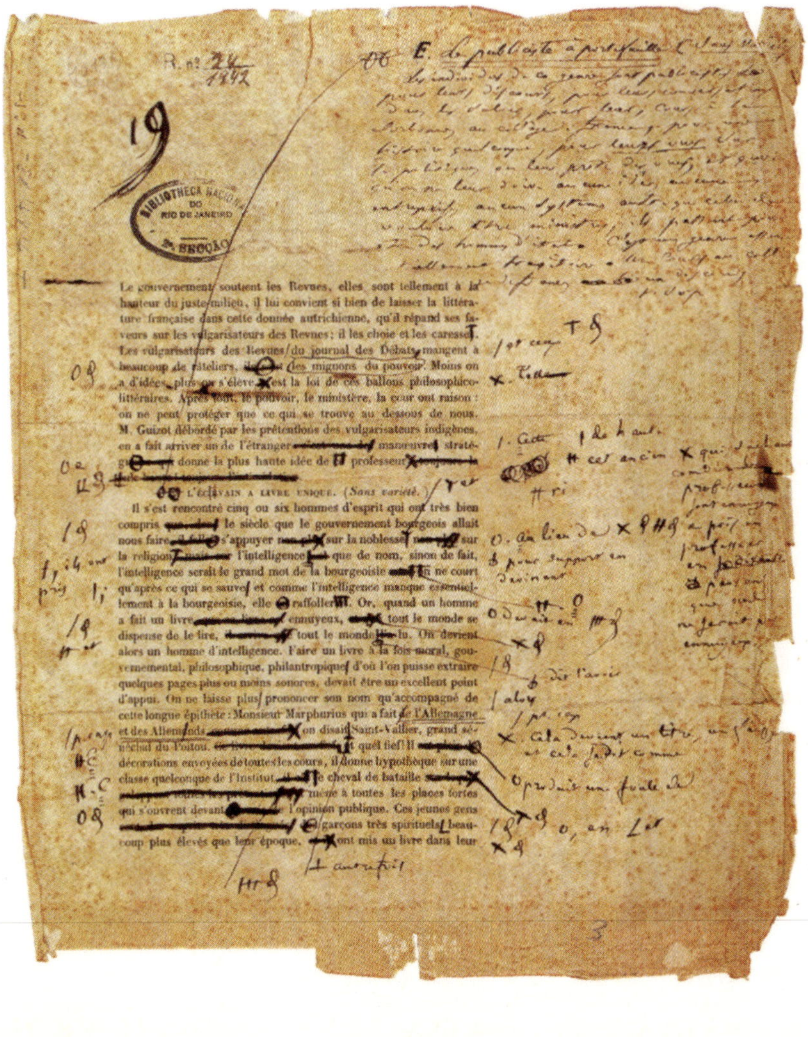

Le gouvernement soutient les Revues, elles sont tellement à la hauteur du juste-milieu, il lui convient si bien de laisser la littérature française dans cette donnée autrichienne, qu'il répand ses faveurs sur les vulgarisateurs des Revues; il les choie et les caresse. Les vulgarisateurs des Revues/du journal des Débats mangent à beaucoup de râteliers, des mignons du pouvoir. Moins on a d'idées, plus on s'élève, c'est la loi de ces ballons philosophico-littéraires. Après tout, le pouvoir, le ministère, la cour ont raison : on ne peut protéger que ce qui se trouve au dessous de nous. M. Guizot débordé par les prétentions des vulgarisateurs indigènes, en a fait arriver un de l'étranger manœuvre stratégique donne la plus haute idée de professeur

L'ÉCRIVAIN A LIVRE UNIQUE. (*Sans variété.*)

Il s'est rencontré cinq ou six hommes d'esprit qui ont très bien compris le siècle que le gouvernement bourgeois allait nous faire s'appuyer sur la noblesse sur la religion l'intelligence que de nom, sinon de fait, l'intelligence serait le grand mot de la bourgeoisie ne court qu'après ce qui se sauve et comme l'intelligence manque essentiellement à la bourgeoisie, elle raffoller. Or, quand un homme a fait un livre ennuyeux, tout le monde se dispense de le lire, tout le monde lu. On devient alors un homme d'intelligence. Faire un livre à la fois moral, gouvernemental, philosophique, philantropique d'où l'on puisse extraire quelques pages plus ou moins sonores, devait être un excellent point d'appui. On ne laisse plus prononcer son nom qu'accompagné de cette longue épithète : Monsieur Marphurius qui a fait de l'Allemagne et des Allemands on disait Saint-Vallier, grand sénéchal du Poitou. quel fief! Il décorations envoyées de toutes les cours, il donne hypothèque sur une classe quelconque de l'Institut le cheval de bataille même à toutes les places fortes qui s'ouvrent devant l'opinion publique. Ces jeunes gens garçons très spirituels beaucoup plus élevés que leur époque, ont mis un livre dans leur

Honoré de Balzac. Páginas de *L'Écrivain à Livre Unique*. Folha de prova de prelo com correções manuscritas do autor.

a processo por imoralidade no romance *Madame Bovary.* E a prosa dos Decadentes foi considerada maldita pela censura dominante.

Durante o século XIX, em suma, a Literatura Ocidental atingiu elevado grau de complexidade e riqueza. Nele, o sentimento de civilização esgotada levou o artista europeu a se interessar pelas civilizações dos "bons selvagens americanos", ao mesmo tempo que a exportação do individualismo romântico para o Novo Mundo despertou novos sentimentos nacionais.

Com poetas românticos de aquém e de além-mar, cantando o torrão natal, as fronteiras do Ocidente Literário se alargaram, abrangendo novas faunas, novas floras, novas raças, novos deuses. Suas medidas territoriais ultrapassaram a da Europa greco-romana, ou mesmo cristã, e incorporaram terras maias, incas, astecas, tupis, guaranis, moicanas, huronianas, iroquesas, entre outras. Seus ramos desmembrados geraram novos romantismos em busca de novas e autênticas origens nacionais.

J. M. Rugendas.
Índio flechando a onça.

A partir do Romantismo, o conceito de Literatura Nacional passou a ter precedência sobre o conceito de Literatura Ocidental, na formação educacional da pessoa. Lendas, contos, poemas nacionais passaram a entrar na alfabetização da criança como dados do ambiente que primeiro formam seu sentimento e imaginação. A Literatura Nacional, encarada como única que espelha a realidade em que se vive, tornou-se mais importante do que as estrangeiras na instrução escolar e na perspectiva oficial da nação. A Literatura Ocidental tornou-se, assim, uma família de literaturas independentes, que insistem em ter a si mesmas como centro. Foi então que, também devido à influência europeia, o índio e a paisagem brasileira atraíram a atenção dos nossos autores — dessa vez, *nossos*, para valer.

2. O ROMANTISMO BRASILEIRO

Se a independência política do Brasil foi proclamada em 7 de setembro de 1822, a literária ocorreu em 1836, com a publicação de *Suspiros poéticos e saudades*, de Gonçalves de Magalhães — obra cujo prefácio, imbuído de ânimo nacional e sentimental, introduziu o espírito do Romantismo entre nós. Nele, o autor transplantou para nossas letras a vertente nacionalista do Romantismo, afirmando:

> *No começo do século atual, com as mudanças* e reformas que tem experimentado o Brasil, novo aspecto apresenta a sua literatura. Uma só ideia absorve todos os pensamentos, uma ideia até então desconhecida; é a ideia da pátria; ela domina tudo, e tudo se faz por ela, ou em seu nome. Independência, liberdade, instituições sociais, reformas políticas, todas as criações necessárias em uma nova Nação, tais são os objetos que ocupam as inteligências, que atraem a atenção de todos, e os únicos que ao povo interessam.

Gonçalves de Magalhães incorporou o Romantismo sentimentalista de feição byroniana, assumindo que escrevia poesias da alma e do coração, que só pela alma e pelo coração deviam ser julgadas:

Meus versos são suspiros de minha alma
Sem outra lei que o interno sentimento

A poesia concebida como suspiro da alma pegou no Brasil, alcançando alta expressão na poesia de Álvares de Azevedo (1831-1852), como atesta este trecho do poema "Lembrança de morrer":

Descansem o meu leito solitário
Na floresta dos homens esquecida,
À sombra de uma cruz, e escrevam nela
Foi poeta – sonhou – e amou na vida.

Sombras do vale, noites da montanha,
que minha alma cantou e amava tanto,
Protegei o meu corpo abandonado
E no silêncio derramai-lhe canto.

Mas, quando preludia ave d'aurora,
E quando à meia-noite o Céu repousa,
Arvoredos do bosque, abri os ramos...
Deixai a lua prantear-me a lousa!

Manuscrito autógrafo do poema "Ao luar" na imaginação do adolescente Álvares de Azevedo, em que a mulher aparece de forma encantada.

Casimiro de Abreu (1839-1860), poeta do lamento íntimo e da melancolia, fez da saudade da infância o poema singelo “Meus oito anos” até hoje dos mais populares no Brasil:

Oh! Que saudade que eu tenho
Da aurora da minha vida,
Da minha infância querida
Que os anos não trazem mais!

Que amor, que sonhos, que flores,
Naquelas tardes fagueiras
À sombra das bananeiras
Debaixo dos laranjais!

Como são belos os dias,
do despontar da existência!
— Respira a alma inocência,
Como perfumes a flor;

O mar — é um lago sereno,
O céu — um manto azulado,
O mundo — um sonho dourado,
A vida — um hino d'amor!

Selo comemorativo pelos 150 anos do nascimento de Casimiro de Abreu, 1989.

Mas o mérito de Gonçalves de Magalhães em *Suspiros poéticos e saudades* foi apenas o de ter plantado a semente do Romantismo entre nós. O mérito de levar essa escola a desabrochar e dar frutos saborosos coube ao poeta maranhense Gonçalves Dias (1823-1863), que cultivou com brilho os grandes temas românticos da fusão com a natureza, da exaltação da pátria, do nativismo indígena, do sentimento amoroso.

Retrato de Gonçalves Dias, Araújo Porto Alegre e Gonçalves de Magalhães, século XIX.

Gonçalves Dias nasceu em Caxias, Maranhão, em 1823, e morreu aos 41 anos, no naufrágio do veleiro Bois de Boulogne, à vista das palmeiras da costa maranhense, quando doente regressava ao torrão natal. Penetrado do enlevo romântico diante da natureza e da cor local, fixou para sempre a imagem da nação brasileira em sua famosa "Canção do exílio", composta em Coimbra, Portugal, no ano de 1843:

Minha terra tem palmeiras
Onde canta o sabiá;
As aves que aqui gorjeiam,
Não gorjeiam como lá.

Nosso céu tem mais estrelas,
Nossas várzeas têm mais flores,
Nossos bosques têm mais vida,
Nossa vida mais amores.

Em cismar, sozinho, à noite,
Mais prazer encontro eu lá;
Minha terra tem palmeiras,
Onde canta o sabiá.

Minha terra tem primores,
Que tais não encontro eu cá;
Em cismar – sozinho à noite –
Mais prazer encontro eu lá;
Minha terra tem palmeiras,
Onde canta o sabiá.

Não permita Deus que eu morra,
Sem que eu volte para lá;
Sem que desfrute os primores
Que não encontro por cá;
Sem qu'inda aviste as palmeiras,
Onde canta o sabiá.

Para o poeta modernista Manuel Bandeira, a "Canção do exílio" foi o primeiro grande momento de inspiração de Gonçalves Dias, o passaporte de sua imortalidade. Ainda que não tivesse escrito mais nada, ficaria, por ela, o seu nome para sempre gravado na memória de sua gente. Então pergunta: haverá brasileiro que não a saiba de cor?

De 1843 também foi a publicação de *O filho do pescador*, de Teixeira de Sousa, apontado pelos historiadores como o primeiro romance brasileiro. Entretanto, o primeiro romance de sucesso junto ao público brasileiro foi *A moreninha*, de Joaquim Manuel de Macedo, historieta de amor entre jovens da classe média carioca.

Capas de *A moreninha*, de Joaquim Manuel de Macedo.

Gonçalves Dias, que era filho de pai português e mãe cafuza (mestiça de negro e índio), dedicou-se ao estudo dos costumes e da língua dos nossos silvícolas, vindo a produzir a melhor poesia indianista da nossa literatura. Compartilhou a crença do Romantismo europeu num índio americano "bom selvagem", "não corrompido pela civilização", porém o fez munido de profundo conhecimento das tradições indígenas brasileiras e com a empatia de quem tinha sangue índio nas veias. Seus poemas "I-Juca-Pirama", "O canto do Piaga", "Canção do tamoio", "Marabá", "Leito de folhas verdes", exaltam a terra brasileira e seus primeiros habitantes, selando nossa independência literária e enriquecendo de um novo sotaque o acervo de obras-primas da poesia ocidental.

I-Juca-Pirama

**No meio das tabas de amenos verdores,
Cercados de troncos – cobertos de flores,
Alteiam-se os tetos d'altiva nação;
São muitos seus filhos, nos ânimos fortes,
Temíveis na guerra, que em densas coortes
Assombram das matas a imensa extensão.**

**São rudos, severos, sedentos de glória,
Já prélios incitam, já cantam vitória,
Já meigos atendem à voz do cantor:
São todos timbiras, guerreiros valentes!
Seu nome lá voa na boca das gentes,
Condão de prodígios, de glória e terror!**

Vitoriosos na guerra, os timbiras reunidos no centro da taba convidam o índio que aprisionaram a combater ou a cantar seus feitos, antes de morrer. O prisioneiro então começa, com voz triste:

Meu canto de morte,
Guerreiros, ouvi:
Sou filho das selvas,
Nas selvas cresci;
Guerreiros, descendo
Da tribo tupi.

Da tribo pujante,
Que agora anda errante
Por fado inconstante,
Guerreiros, nasci:
Sou bravo, sou forte,
Sou filho do Norte,
Meu canto de morte,
Guerreiros, ouvi.

Andei longes terras,
Lidei cruas guerras,
Vaguei pelas serras
Dos vis aimorés.
Vi lutas de bravos,
Vi fortes — escravos!
De estranhos ignavos
Calcados aos pés.

O prisioneiro viu os campos destruídos, seus amigos morreram e ele se tornou o amparo do pai cego. Chorando, pede que o libertem, prometendo voltar assim que o pai morrer. Diante disso o chefe timbira ordena que o soltem. Não quer o sangue de um covarde. O prisioneiro protesta, mas volta para perto do pai, que, entretanto, lhe pede para ser levado à tribo que o prendera. Lá chegando, agradece aos timbiras a liberdade do filho, mas deseja entregá-lo ao ritual do sacrifício, como manda a tradição. O cacique timbira recusa, explicando que o rapaz chorara. O velho tupi, com a voz surda na garganta, dirige-se ao filho:

— Tu choraste em presença da morte?
Na presença de estranhos choraste?
Não descende o cobarde do forte;
Pois choraste, meu filho não és!
Possas tu, descendente maldito
De uma tribo de nobres guerreiros,
Implorando cruéis forasteiros,
Seres presa de vis aimorés.

Alegoria do
Império Brasileiro.

Possas tu, isolado na terra,
Sem arrimo e sem pátria vagando,
Rejeitado da morte na guerra,
Rejeitado dos homens na paz,
Ser das gentes o espectro execrado;
Não encontres amor nas mulheres,
Teus amigos, se amigos tiveres,
Tenham alma inconstante e falaz!

Não encontres doçura no dia,
Nem as cores da aurora te ameiguem,
E entre as larvas da noite sombria
Nunca possas descansos gozar;
Não encontres um tronco, uma pedra,
Posta ao sol, posta às chuvas e aos ventos,
Padecendo os maiores tormentos,
Onde possas a fronte pousar.

Que a teus passos a relva se torre;
Murchem prados, a flor desfaleça,
E o regato que límpido corre,
Mais te acenda o vesano furor;
Suas águas depressa se tornem,
Ao contato dos lábios sedentos,
Lago impuro de vermes nojentos,
Donde fujas com asco e terror!

Sempre o céu, como um teto incendido
Creste e punja teus membros malditos
E o oceano de pó denegrido
Seja a terra ao ignavo tupi!
Miserável, faminto, sedento,
Manitôs não lhe falem nos sonhos,
E do horror os espectros medonhos
Tragam sempre o cobarde após si.

Um amigo não tenhas piedoso
Que o teu corpo na terra embalsame,
Pondo em vaso d'argila cuidoso
Arco e frecha e tacape a teus pés!
Sê maldito e sozinho na Terra;
Pois que a tanta vileza chegaste,
Que em presença da morte choraste,
Tu, cobarde, meu filho não és.

Mal o velho proferiu sua maldição, um estranho tumulto sacode a tribo. E o jovem tupi que agora luta com toda a garra até falarem basta e o pai abraçá-lo, dizendo:

— Este sim que é meu filho muito amado
E pois que o acho enfim, qual sempre o tive,
Corram livres as lágrimas que choro,
Estas lágrimas, sim, que não desonram.

Tempos depois, um velho guerreiro timbira que guardou a memória do acontecimento gosta de narrá-lo à tribo:

Um velho timbira, coberto de glória
Guardou a memória
Do moço guerreiro, do velho tupi!
E à noite, nas tabas, se alguém duvidava
Do que ele contava,
Dizia prudente – "Meninos, eu vi!"

"Eu vi o brioso no largo terreiro
Cantar prisioneiro
Seu canto de morte, que nunca esqueci:
Valente, como era, chorou sem ter pejo;
Parece que o vejo,
Que o tenho nesta hora diante de mim."
....
E à noite, nas tabas, se alguém duvidava
Do que ele contava,
Tornava prudente — "Meninos, eu vi!"

Eduardo de Sá. *Morte de Gonçalves Dias*, séculos XIX-XX.

Seaside Library

IVANHOE

Walter Scott. *Ivanhoé*, 1819, publicado em *Seaside Library*.

O indianismo romântico permitiu que a literatura brasileira inventasse para si um passado remoto povoado de lendas e mitos. Sabemos como, para escapar do "mal do século", a literatura romântica europeia empreendera viagens imaginárias pela Idade Média feudal, trilhando o caminho do escocês Walter Scott, que, em 1825, com *Ivanhoé,* lançara a moda do romance histórico. Dessa vez, quem encampou o desejo de dar ao Brasil um passado imaginário próprio, alheio a origens portuguesas, foi o escritor cearense José de Alencar (1829-1877). Seus romances indianistas — *O guarani,* de 1857, e *Iracema,* de 1865 — consolidaram duas ideias fundamentais para a nossa cultura. Uma: a de que o povo que chupa o caju, a manga, o cambucá e a jabuticaba não pode falar um português com igual pronúncia e o mesmo espírito do povo que sorve o figo, a pera, o damasco e a nêspera. Outra: a de que a nossa literatura era mestiça de origem, proveniente do cruzamento da tradição europeia com o mundo indígena. Embora Alencar omitisse o componente africano, mantido, nessa época, sob o jugo da escravidão (tal como não previsto no projeto romântico), ele lançou as bases de um Brasil literário dono de si.

A abertura do romance *Iracema,* que narra o nascimento do primeiro mestiço cearense, Moacir, filho da dor, mostra com que elevado senso poético José de Alencar deu voz ao cenário brasileiro:

> *Verdes mares bravios de minha terra natal,* onde canta a jandaia nas frondes da carnaúba;
>
> Verdes mares que brilhais como líquida esmeralda aos raios do sol nascente, perlongando as alvas praias ensombradas de coqueiros;
>
> Serenai, verdes mares, e alisai docemente a vaga impetuosa para que o barco aventureiro manso resvale à flor das águas

O GUARANI

Publicado com grande sucesso em 1857, o romance indianista *O guarani* consagrou o escritor José de Alencar e serviu de tema para a mais famosa ópera do compositor Carlos Gomes (1836-1896). O público da época encantou-se com o heroísmo de um índio poeticamente idealizado, inserido na paisagem da nossa mata atlântica, descrita em prosa de rara beleza.

Em 1604, desgostoso de ver o Brasil sob domínio dos espanhóis, o fidalgo português D. Antônio de Mariz retirou-se com a família para um cimo da Serra dos Órgãos, onde nasce o rio Paquequer, que deságua no Paraíba. Nessa região de vegetação grandiosa, intocada pelo homem branco, construiu confortável morada, onde se instalou com a mulher Laurinda, a filha Cecília, o filho Diogo. Um grupo de aventureiros, comandados por Álvaro de Sá, assegurava a proteção da casa contra ataques ocasionais dos selvagens.

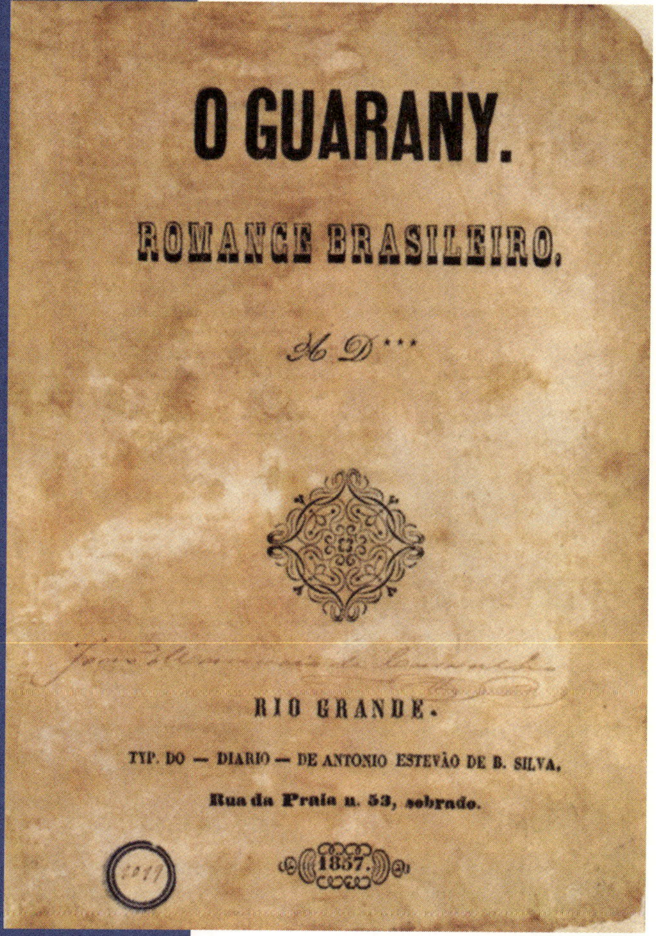
O GUARANY.

ROMANCE BRASILEIRO.

A D***

RIO GRANDE.

TYP. DO — DIARIO — DE ANTONIO ESTEVÃO DE B. SILVA,

Rua da Praia n. 53, sobrado.

1857.

José de Alencar. *O guarani,* Empresa Nacional do Diário, 1857, 4 volumes, Rio de Janeiro. Primeira edição com modificações da publicação original.

Uma tarde, a família reunida no jardim, de repente alguém grita: "Iara!", ou "Senhora", em guarani. D. Antônio ergue o olhar na direção da voz e vê sobre o rochedo, que domina a relva, um índio segurando com esforço um pedaço de rocha desprendida, pronto a desabar sobre Cecília, na grama. D. Antônio precipita-se sobre a filha e a remove do perigo. A pedra rola e vai cravar-se no ponto exato onde a moça sentara, instantes antes.

O grito de alerta foi dado por Peri, chefe tribal da nação goitacá. Ele vem observando Cecília, desde que a confundiu com a imagem da Virgem Maria, que muito o impressionou, num combate travado contra os brancos.

Peri recebe a estima de D. Antônio e, com o tempo, estreita amizade com Cecília. Determinado a zelar de perto pela segurança da moça, acaba construindo para si mesmo uma cabana vizinha à casa do fidalgo.

Depois de salvar sua protegida de inúmeras ciladas e ameaças, um fato grave ocorre, de difícil solução. D. Diogo, durante uma caçada, inadvertido, feriu à morte uma jovem índia aimoré. Pela lei de vingança, a tribo da vítima exige em troca o sangue de Cecília. Esperando solucionar o impasse, Peri se entrega como refém aos aimorés. Sabe que eles imolam em sacrifício guerreiros corajosos, de que se alimentam. Está disposto a servir de banquete ao inimigo, quando Álvaro de Sá e seu grupo de aventureiros o socorrem. Só que Peri envenenou-se, tencionando matar os aimorés que dele se alimentassem. Para seguir vivendo e protegendo Cecília, tem de ingerir a tempo um poderoso contraveneno.

A ameaça dos aimorés cresce. Flechas encandecidas abatem-se sobre a casa de Paquequer. D. Diogo foi ao Rio de Janeiro buscar ajuda, mas não voltou. Peri aprontou uma canoa para D. Antônio fugir com a família, mas este se recusa a evadir. Um fidalgo não abandona seu lar. Confiaria Cecília a Peri, se ele fosse cristão. "Peri quer ser cristão!", exclama o índio. D. Antônio, então, o batiza, conforme a religião católica permite em casos extremos.

Cecília e Peri embarcam na canoa, quando o paiol da casa do fidalgo explode, matando atacantes e moradores.

Determinado, Peri rema a noite toda, até pôr Cecília a salvo. Por fim, descendo à margem, para descansar, diz-lhe que é chegado o momento de se separarem. Cecília, branca, deverá morar no Rio de Janeiro, com uma tia. Peri, índio, cumprirá seu destino na mata. Sucede que Cecília, desatracando a canoa, entrega-a à correnteza, decidida a viver com Peri na floresta.

Nesse momento de emoção sublime para o casal, tremenda tempestade desaba. O rio Paquequer engrossa, suas águas sobem. Sem canoa, Peri leva Cecília ao topo de uma palmeira, que ele tenta a duras penas arrancar do solo inundado. A palmeira ao fim solta vai boiando com Peri e Cecília nas folhas, até sumir no horizonte.

Alberto Henschel, *José de Alencar*, sd.

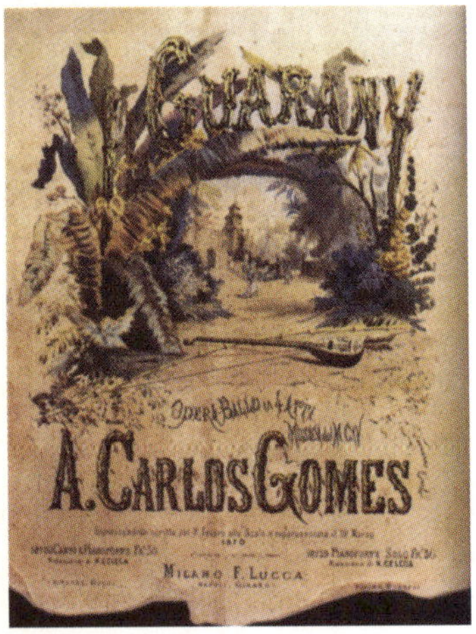

Antônio Carlos Gomes. Capa da partitura da ópera *O Guarani*, impressa por F. Lucca Milão. 1870, primeira edição.

(à direita)
Horácio Hora. *Peri e Ceci*, século XIX.

Em 1857, enquanto *O guarani* era publicado no Brasil, na França, Charles Baudelaire publicava sua obra poética *As flores do mal,* e Gustave Flaubert, seu romance *Madame Bovary,* obras que exercerão larga influência na literatura brasileira de finais do Segundo Império, inícios da República, como mestres do nosso Simbolismo e Realismo.

O público brasileiro da segunda metade do século XIX acolheu com entusiasmo o indianismo do poeta Gonçalves Dias e do prosador José de Alencar. Eles eram os porta-vozes dos novos trópicos, que expressavam com admirável verve e dons de estilo as cores e as formas da nossa vegetação, os tons e os graus do nosso clima, os sons das nossas aves canoras. O brasileiro sentiu que, com eles, a Literatura Nacional existia.

Por outro lado, uma literatura brasileira autêntica não poderia fechar os olhos para a instituição da escravidão que vigorava entre nós. O culto romântico da liberdade individual não poderia conviver com a barbárie do cativeiro dos negros, praticada em todos os rincões do Império. De modo que, com o avançar do reinado de D. Pedro II, nosso Romantismo tomou sobre si denunciar os horrores da escravatura e reivindicar sua abolição.

Foi quando ganhou corpo o Movimento Condoreiro, influenciado pela poesia social do poeta francês Victor Hugo. O movimento adotou por símbolo a figura do condor, pássaro de voo mais alto e de maior porte da América, encontrado na Cordilheira dos Andes. Entre os representantes do condoreirismo, poesia do ideal libertário comprometido com a abolição da escravatura e o fim da monarquia, destacou-se o poeta baiano Castro Alves (1847-1871), autor de *Espumas flutuantes* e poemas esparsos, que morreu aos 24 anos de idade, amado e aclamado como o poeta dos escravos.

A luta que Castro Alves empreendeu pela abolição da escravatura constituiu o núcleo temático vigoroso de sua poesia. Seu grito humanitário, expresso com comovente grandeza nos poemas "O navio negreiro" e "Vozes d'África", expandiu o sentido nacionalista do nosso Romantismo, absorvendo o drama do escravo africano em nossa sociedade.

Selo comemorativo pelo centenário do nascimento de Castro Alves, 1947.

O navio negrereiro – tragédia no mar

Na abertura do poema o poeta navega em alto-mar, em bela noite estrelada:

'Stamos em pleno mar... Doudo no espaço
Brinca o luar – dourada borboleta –
E as vagas após ele correm... cansam
Como turba de infantes inquieta.

'Stamos em pleno mar... do firmamento
Os astros saltam como espumas de ouro...
O mar em troca acende as ardentias
— Constelações do líquido tesouro.

'Stamos em pleno mar... Abrindo as velas
Ao quente arfar das virações marinhas,
Veleiro brigue corre à flor dos mares
Como roçam na vaga as andorinhas...

Donde vem?... Onde vai?... Das naus errantes
Quem sabe o rumo se é tão grande o espaço?

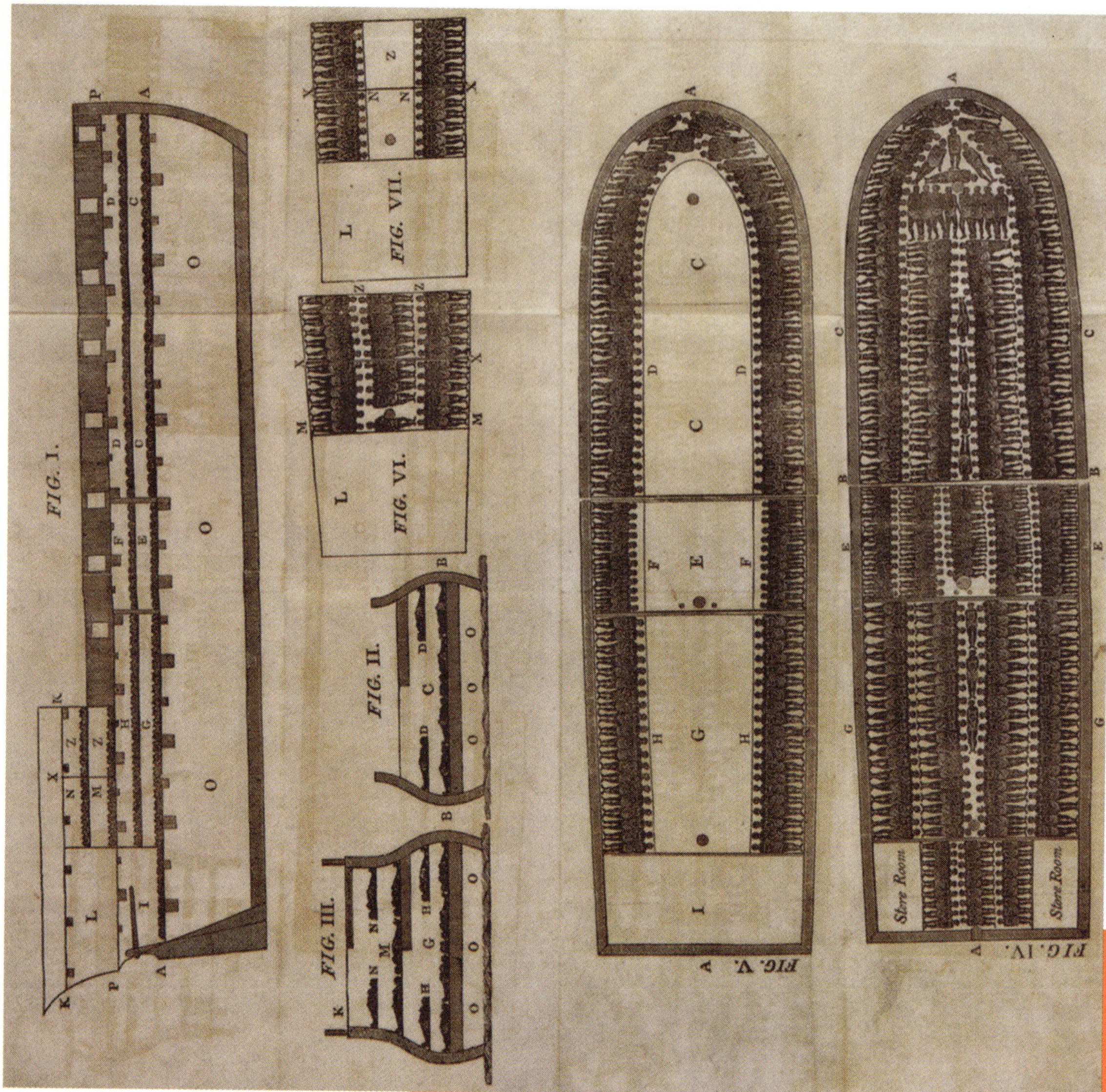

Anônimo. *Planta e corte de um navio negreiro destinados a dar ao espectador uma ideia do sofrimento dos africanos na travessia*, 1808, litografia, Inglaterra.

Que barco é aquele, para onde vai? O poeta não sabe. Só sabe que a amplidão marítima o enfeitiça:

Bem feliz quem ali pode nest'hora
Sentir deste painel a majestade!...
Embaixo — o mar... em cima — o firmamento...
E no mar e no céu — a imensidade!

Oh! Que doce harmonia traz-me a brisa!
Que música suave ao longe soa!
Meu Deus! Como é sublime um canto ardente
Pelas vagas sem fim boiando à toa!

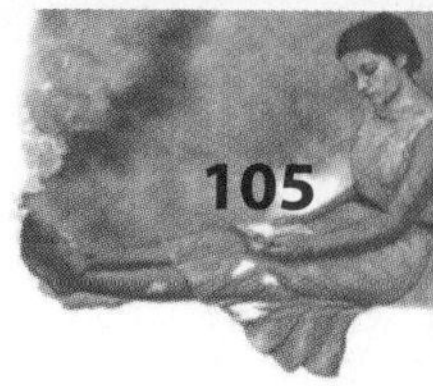

Homens do mar! Ó rudes marinheiros
Tostados pelo sol dos quatro mundos!
Crianças que a procela acalentara
No berço destes pélagos profundos!

Esperai! Esperai! Deixai que eu beba
Esta selvagem, livre poesia...
Orquestra — é o mar que ruge pela proa,
É o vento que nas cordas assobia...

Por que foges assim, barco ligeiro?
Por que foges do pávido poeta?
Oh! Quem me dera acompanhar-te a esteira
Que semelha no mar doudo cometa.

Albatroz! Albatroz! Dá-me estas asas...

Quando parece que o poeta quer asas para voar no céu, pelo esplendor da noite, seu comando é outro:

Desce do espaço imenso, ó águia do oceano!
Desce mais, inda mais... não pode o olhar humano
Como o teu mergulhar no brigue voador.
Mas que vejo eu ali... que quadro de amarguras!

Que canto funeral!... que tétricas figuras!...
Que cena infame e vil!... Meu Deus! Meu Deus! Que horror!

O que o poeta viu nos porões do navio negreiro, ninguém esquece:

Era um sonho dantesco... O tombadilho Que das luzernas
avermelha o brilho,
    Em sangue a se banhar.
Tinir de ferros... estalar do açoite...
Legiões de homens negros como a noite,
    Horrendos a dançar...

Negras mulheres, suspendendo às tetas
Magras crianças, cujas bocas pretas
Rega o sangue das mães:
Outras moças, mas nuas e espantadas,
No turbilhão de espectros arrastadas,
Em ânsia e mágoa vãs.

E ri-se a orquestra estridente...
E da ronda fantástica a serpente
Faz doudas espirais...
Se o velho arqueja... se no chão resvala,
Ouvem-se gritos... o chicote estala.
E voam mais e mais...

Senhor Deus dos desgraçados!
Dizei-me vós, Senhor Deus!
Se eu deliro... ou se é verdade
tanto horror perante os céus...

Johann Moritz Rugendas.
Punições públicas, século XIX.

O poeta custa a acreditar que algum povo acoberte tamanha crueldade:

E existe um povo que a bandeira empresta
Pra cobrir tanta infâmia e cobardia!...

Meu Deus! Meu Deus!
Mas que bandeira é esta,
Que impudente na gávea tripudia?

Ao confirmar que o navio negreiro, sob bandeira brasileira, zarpou da costa africana, rumo ao Brasil, exclama:

Auriverde pendão de minha terra,
Que a brisa do Brasil beija e balança,
Estandarte que a luz do sol encerra,
E as promessas divinas da esperança...
Tu, que da liberdade após a guerra,
Foste hasteado dos heróis na lança,
Antes te houvessem roto na batalha,
Que servires a um povo de mortalha!...

Diante da infâmia do tráfico negreiro, antes Cristóvão Colombo não houvesse descoberto a América, nem José Bonifácio de Andrada e Silva houvesse sido nosso "Patriarca da Independência"...

Fatalidade atroz que a mente esmaga!
Extingue nesta hora o brigue imundo
O trilho que Colombo abriu na vaga,
Como um íris no pélago profundo!...
...Mas é infâmia demais... Da etérea plaga
Levantai-vos, heróis do Novo Mundo...
Andrada! arranca este pendão dos ares!
Colombo! fecha a porta de teus mares!

Sucede que a "fusão com a natureza", o "indianismo", o "mal do século", o "condoreirismo", quer na Europa, quer no Brasil, perigavam virar fórmula, uma vez que toda novidade repetida com insistência vira mesmice. Afinal, se o artista romântico recusava a ideia de copiar modelos clássicos e perenes, era preciso evitar que suas próprias atitudes virassem normas. De modo que, a partir desse movimento literário, cada nova geração de poetas viu-se na necessidade de romper com o padrão da geração anterior, numa busca incessante por diferentes modos de expressão.

Impedido, por princípio, de ser um valor permanente, o Romantismo obrigou-se a morrer cedo. Isso explica a inquietação "inovadora" que assaltou o artista ocidental na segunda metade do século XIX, e nesse período desencadeou na Europa uma rápida sucessão de escolas literárias, como o Realismo, o Naturalismo, o Parnasianismo, o Decadentismo, o Simbolismo. No Brasil, representações dessas escolas nasceram, cresceram e murcharam, *grosso modo*, entre 1880 e 1905 — um quarto de século efervescente, durante o qual nossa "arte de escrever com arte" alcançou maturidade.

3. O REALISMO

O ano de 1881, em que Machado de Assis publicou *Memórias póstumas de Brás Cubas*, e Aluísio Azevedo, *O Mulato*, marcou o começo do Realismo no Brasil. A doutrina do Realismo surgiu na França depois de 1850, formulada por escritores que, cansados das expansões emocionais do Romantismo, dedicaram-se à observação da sociedade contemporânea e à análise dos mecanismos da vida embutidos no comportamento das pessoas em seu ambiente doméstico, étnico e datado do ponto de vista histórico.

Na opinião do romancista Eça de Queirós, maior vulto do Realismo em Portugal:

> *O Realismo é uma reação contra o Romantismo.*
>
> O Romantismo era a apoteose do sentimento. O Realismo é a anatomia do caráter. É a crítica do homem. É a arte que nos pinta a nossos próprios olhos – para condenar o que houver de mau em nossa sociedade.

Em 1853, o escritor Manuel Antônio de Almeida antecipou entre nós o Realismo, registrando com ironia os costumes do povo carioca da época de D. João VI, em *Memórias de um sargento de milícias.* Nesse livro, ao nos dizer de seu personagem central: "O homem era um romântico, como se diz hoje, babão, como se dizia naquele tempo; não podia passar sem uma paixãozinha"; ao defini-lo como "um completo vadio, vadio-mestre, vadio--tipo", Manuel Antônio de Almeida afastou-se com consciência do sentimentalismo romântico e de seus heróis idealizados.

Avesso aos gritos de desabafo, típicos da poesia romântica, o escritor realista preferiu examinar com frieza o mundo do seu tempo, tentando manter--se neutro diante do que desejava retratar com o máximo de exatidão vocabular e o mínimo de ilusões.

Foi esse alvo preciso e amargo que Machado de Assis atingiu em *Memórias póstumas de Brás Cubas,* quando pintou um quadro saudoso e desencantado do Rio de Janeiro que conheceu — onde, ao contrário de "bons selvagens", flagrou na rua o ex-escravo Prudêncio esfolando outro escravo, para se vingar das chicotadas que sofrera... Onde, mais do que ver jovens apaixonados pelo "sentimento amoroso", viu jovens ociosos, vivendo de rendas e heranças, no reinado em declínio de Dom Pedro II. Onde o desejo de "exaltar a pátria" esmoreceu ante a visão de compatriotas — cujas ações eram motivadas pelo afã de lucro —, a hipocrisia, o instinto carnal, as conveniências.

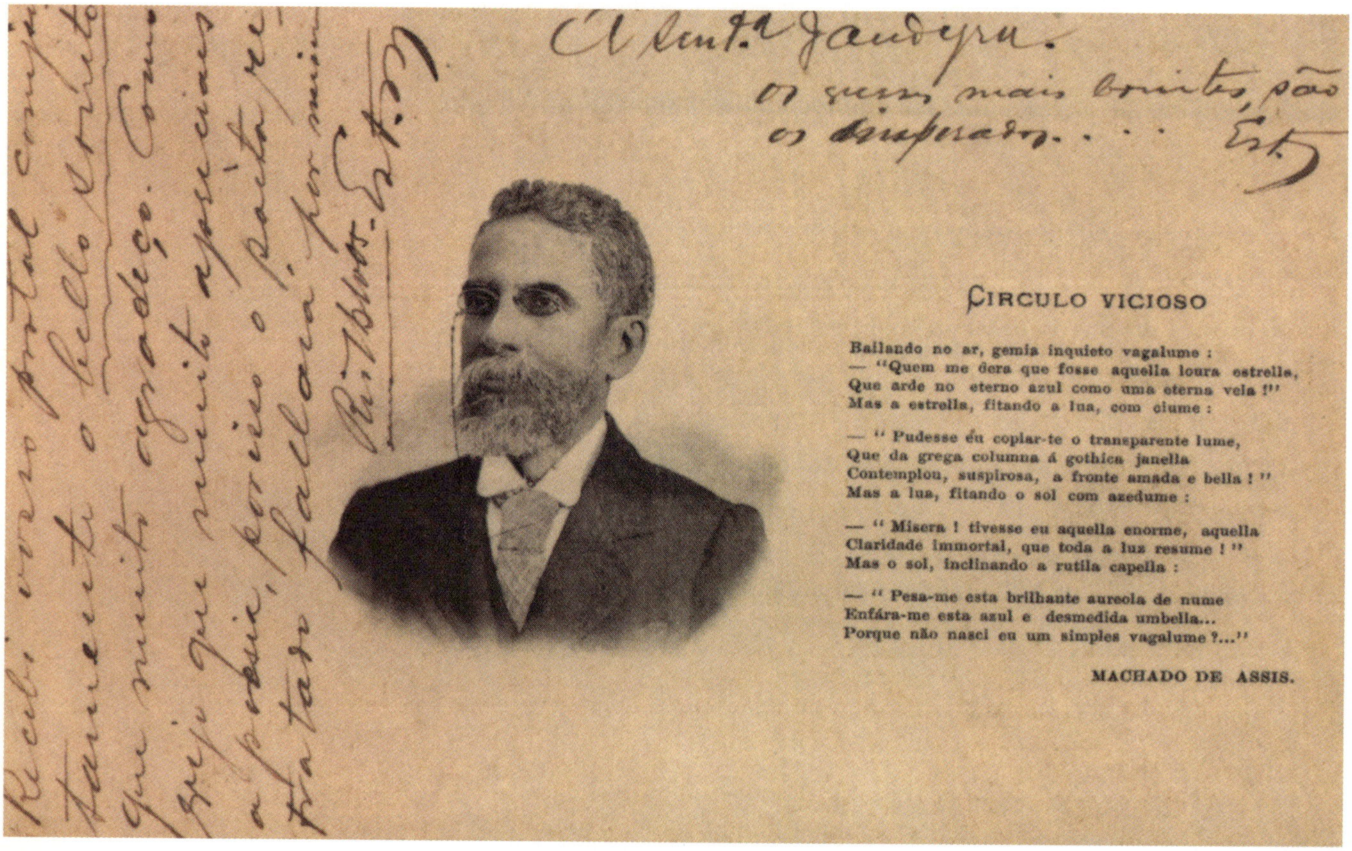

Anônimo. *Retrato de Joaquim Maria Machado de Assis*, s/d, cartão-postal.

MEMÓRIAS PÓSTUMAS DE BRÁS CUBAS é o relato autobiográfico de um autor morto, enterrado, carcomido pelos vermes, que se compraz em relembrar a vida, sem dever satisfações a ninguém. Em capítulos curtos, vai misturando fatos vividos, pensamentos tidos, digressões que lhe ocorrem do além-túmulo, suscitadas, sobretudo, pelas figuras de Marcela, Virgília e Quincas Borba. Com Marcela, gananciosa e frívola, Brás Cubas gastou a soma de "onze contos de réis" e o melhor da mocidade. Com Virgília, mulher do Lobo Neves, manteve relações adúlteras sob o olhar cúmplice de dona Plácida. Lembra-se do amigo meio maluco Quincas Borba, e sua teoria do "humanitismo", que reunia pontos diversos de todas as filosofias para desembocar no paradoxo tragicômico da condição humana. Afirmava o contraditório Quincas Borba: "A única desgraça é não nascer", e "a dor é pura ilusão". Mas o defunto-autor, no final das *Memórias,* despede- se da vida como quem discorda e nada lamenta do sofrimento terreno:

Não tive filhos, não transmiti a nenhuma criatura o legado da nossa miséria.

Seria isso despeito de quem morreu e daria tudo para voltar ao mundo? Nunca se saberá. Na prosa de Machado de Assis, como na realidade humana, as certezas estão por detrás das aparências, as respostas estão nas entrelinhas. Graças a essa percepção, e a um sofisticado tratamento de forma e conteúdo, *Memórias póstumas de Brás Cubas* foi saudado como realizaçao de um escritor com os pés no chão, despido das adocicadas ilusões românticas, traduzindo a vida como ela era, retratando a sociedade do seu tempo com realismo de superior nível.

DOM CASMURRO, o romance mais conhecido de Machado de Assis, narra em primeira pessoa a história de Bentinho, menino afável que, homem feito, virou um sujeito trancafiado e passou a ser conhecido como Dom Casmurro.

A história de como Bentinho virou Dom Casmurro é a seguinte: órfão de pai, Bentinho é destinado à vida religiosa, a fim de cumprir antiga promessa de sua mãe. Entretanto, na adolescência, não sente nenhuma atração para o seminário. Sente-se, sim, atraído por Capitu, a filha dos vizinhos, que tinha "olhos de cigana oblíqua e dissimulada", "olhos de ressaca". A mãe, em verdade, também sofre com a ideia de se separar do filho único. Graças à intervenção de José Dias, um agregado da família, poupa Bentinho do seminário, ordenando um escravo padre em seu lugar. Bentinho estuda Direito e namora Capitu, com quem se casa. Os anos passam.

Ao tempo em que Bentinho e Capitu estreitam amizade com o casal Sancha e Escobar, nasce-lhes o filho Ezequiel. Ocorre que Escobar morre e, durante o enterro, Bentinho cisma com a maneira apaixonada com que Capitu fita o cadáver. Toma-se de ciúmes, que só aumentam à medida que Ezequiel cresce parecido com Escobar. Dominado pelo ciúme, Bentinho acaba se separando de Capitu, que viaja para a Europa e lá morre, anos depois. Ezequiel, rapaz, volta ao Brasil para visitar o pai, que apenas o acha a cara de Escobar. Ezequiel parte para a África e morre, por sua vez. Bentinho, de mais a mais solitário e recluso, passa a ser chamado de Dom Casmurro pela vizinhança. Começou a escrever a história de sua vida, à qual dará o título: *Dom Casmurro.* O titulo não poderia ser *De como estraguei meu casamento* ou *O enigma de Capitu?*

J. da Rocha Ferreira. *Capitu.*

UMA VIDA DEDICADA A "ARTE DE ESCREVER COM ARTE" *Joaquim Maria Machado de Assis – romancista, contista, poeta, cronista, teatrólogo, crítico literário – nasceu em 1839, de origem humilde, no morro do Livramento, Rio de janeiro. Seu pai era mulato e pintor de paredes. Sua mãe, Maria Leopoldina, portuguesa dos Açores, morreu cedo. O pai casou-se novamente com a lavadeira e doceira Maria Inês, em quem o pequeno Joaquim encontrou carinho de mãe, sobretudo depois que perdeu o pai, aos 12 anos. A infância foi dura, aprendendo as primeiras letras numa escolinha de bairro, vendendo as balas que a madrasta fazia, na frente dos colégios mais avançados que não podia frequentar, por ser pobre. Aos 16 anos, conheceu Paula Brito, dono de uma livraria e tipografia, que, além de publicar seu primeiro conto, "Ela", na* Marmota Fluminense*, contratou-o para trabalhar em sua loja, corrigindo textos, vendendo livros,* *trabalhando como caixeiro. No ambiente da livraria, o futuro escritor leu os clássicos da literatura universal e teve a oportunidade de travar contato com intelectuais que lhe abririam, mais tarde, as portas de revistas e jornais. Aos 17 anos, tornou-se aprendiz de tipógrafo na Imprensa Nacional, onde ganhou a amizade do escritor Manuel Antônio de Almeida, de quem recebeu conselhos literários e estímulo para escrever. A partir dos 20 anos, começou a colaborar de maneira assídua em periódicos cariocas, escrevendo contos, crônicas, crítica teatral. O ingresso no serviço público aos 28 anos garantiu-lhe tranquilidade financeira. Aos 30 anos casou-se com Carolina Augusta Xavier de Novais, moça culta e dedicada que o ajudou na carreira de escritor, passando a limpo seus originais, dando-lhe sugestões, sugerindo ocasionais mudanças de palavras. Aos 40 anos, com a estabilidade alcançada no trabalho e no lar, Machado de Assis pôde dedicar-se à elaboração da parte mais importante de sua obra literária, não cessando de publicar títulos até morrer. Como servidor público, exerceu funções de primeiro escalão, chegando a diretor-geral do Ministério da Viação em 1892. Em 1896, aos 57 anos, funcionário e escritor de renome, fundou com outros escritores a Academia Brasileira de Letras, para a qual foi eleito primeiro presidente perpétuo. Quando a vida de escritor ilustre lhe sorria, sofreu a perda irreparável da mulher, em 1904. Passou então a levar uma vida reclusa em sua casa do Cosme Velho, com a saúde abalada pela epilepsia e a gaguez progressiva agravando sua solidão. Morreu em 1908, aos 69 anos. Desse ano é o seu último romance,* Memorial de Aires. *Seu corpo foi velado na Academia Brasileira de Letras e homenageado com o discurso de Rui Barbosa. Nascera humilde, morrera aclamado o mais completo homem de letras do Brasil. Costuma-se dizer que a obra de Machado de Assis evoluiu de "jovem romântica" para "adulta realista". À fase romântica pertencem seus quatro primeiros romances:* Ressurreição *(1872),* A mão e a luva *(1874),* Helena *(1876),* Iaiá Garcia *(1878). À fase realista pertencem as obras-primas* Memórias póstumas de Brás Cubas *(1881),* Dom Casmurro *(1900) e* Quincas Borba *(1892), seguidas de* Esaú e Jacó *(1904) e* Memorial de Aires *(1908). É interessante notar que, em sua fase romântica, Machado de Assis produziu três livros de poesia e, na realista, que abrange quase três décadas, apenas um. Entre seus sonetos mais famosos estão "A Carolina", dedicado à esposa morta, e "Soneto de Natal":*

Aqueduto de Santa Teresa e casario da Lapa, c. 1859, albúmen.

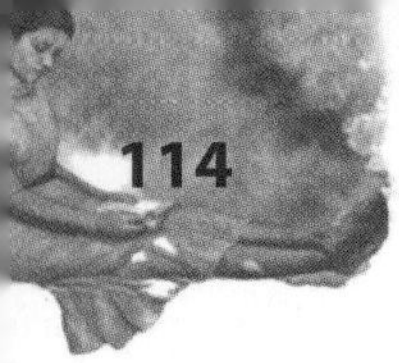

A Carolina

Querida, ao pé do leito derradeiro
Em que descansas desta longa vida,
Aqui venho e virei, pobre querida,
Trazer-te o coração do companheiro.

Pulsa-lhe aquele afeto verdadeiro
Que, a despeito de toda a humana lida,
Fez a nossa existência apetecida
E num recanto pôs o mundo inteiro.

Trago-te flores – restos arrancados
Da terra que nos viu passar unidos
E ora mortos nos deixa e separados

Que eu, se tenho nos olhos malferidos
Pensamentos de vida formulados,
São pensamentos idos e vividos.

Soneto de Natal

Um homem – era aquela noite amiga,
Noite cristã, berço do Nazareno –,
Ao relembrar os dias de pequeno,
E a viva dança, e a lépida cantiga,

Quis transportar ao verso doce e ameno
As sensações de sua idade antiga,
Naquela mesma velha noite amiga,
Noite cristã, berço do Nazareno.

Escolheu o soneto... A folha branca
Pede-lhe a inspiração; mas frouxa e manca
A pena não acode ao gesto seu.

E, em vão lutando contra o metro adverso,
Só lhe saiu este pequeno verso:
"Mudaria o Natal ou mudei eu?"

4. O NATURALISMO

No ano de 1881 foram publicados dois romances que alteraram o curso das nossas letras. *Memórias póstumas de Brás Cubas,* de Machado de Assis, e O *mulato,* de Aluísio Azevedo. O primeiro surgiu como marco do Realismo. O segundo introduziu em nosso meio o Naturalismo.

O programa literário do Naturalismo, formulado pelo escritor francês Émile Zola no prólogo do romance *Thérèse Raquin,* em 1868, abarcou o do Realismo, no tocante à observação da sociedade contemporânea, com uma diferença: essa observação, no Naturalismo, recorria aos métodos da Ciência para provar a força do determinismo biológico da *raça,* do *meio* e do *momento* no destino humano. Não bastava o romancista observar a realidade, precisava observá-la com o olhar clínico do médico, como prescrevia Zola:

Edouard Manet. *Émile Zola,* 1868.

O romance deve ser um estudo objetivo das paixões. Devemos observar escrupulosamente as sensações e os atos das pessoas. Limito-me a fazer em dois corpos vivos aquilo que os cirurgiões fazem em cadáveres.

Meu desejo é pintar a vida, e para este fim devo pedir à Ciência que me explique o que é a vida.

Aplicando à sociedade de São Luís do Maranhão os princípios do Naturalismo de Zola, Aluísio Azevedo ilustrou com competência, no romance *O mulato*, de que forma os vestígios da *raça* negra, num *meio* social provinciano, em pleno *momento* escravagista, impediram o casamento de Raimundo com sua prima Ana — branca, rica e católica — e o destinaram a ser vítima de um assassinato torpe que a burguesia maranhense deixou impune. O livro, elogiado na Corte e combatido no Maranhão, gerou polêmica, mas firmou a corrente naturalista entre nós. Abriu caminho para uma série de romances nos quais prima o retrato cru de ambientes brasileiros marginalizados, massacrados por nefastas heranças sanguíneas e precárias condições de vida.

Cortiço no Rio de janeiro, foto do século XIX.

Na cadeia de romances naturalistas de bom nível literário e importante valor documental, destacam-se: de Alfredo D'Escragnolle Taunay, *Inocência* (1872), pela acurada descrição regionalista; de Aluísio Azevedo, *Casa de pensão* (1884), retrato do cotidiano numa habitação coletiva do Rio de Janeiro; *O cortiço* (1890), estudo dos moradores de um aglomerado urbano sujo e pobre, do Rio. De Inglês de Sousa, temos *O missionário* (1891), análise da perda de castidade de um padre vivendo na Amazônia. De Adolfo Caminha merece destaque *Bom-crioulo* (1895), que focaliza o problema do negro no regime preconceituoso e discriminatório da escravidão. De Manuel de Oliveira Paiva, *Dona Guidinha do Poço* traz à luz quadros do sertão. De Domingos Olímpio, *Luzia-Homem* registra a força física e moral da retirante Luzia, flagelada da seca nordestina.

O Naturalismo fixou no romance brasileiro a preocupação com a realidade social coletiva, de preferência à individual; com a denúncia da miséria, quer urbana, quer rural; com a apresentação de casos de depravação dos instintos.

5. O PARNASIANISMO

"Abaixo o pieguismo romântico e a crueza naturalista!", bradaram em fins do século XIX os poetas Olavo Bilac, Raimundo Correia, Alberto de Oliveira, Vicente de Carvalho, Francisca Júlia, principais representantes do Parnasianismo no Brasil.

A poética parnasiana (pois o Parnasianismo foi antes de tudo um movimento poético) defendeu-se do sentimentalismo romântico buscando a impessoalidade, e escapou do compromisso com a realidade social prestando culto à poesia, como a uma deusa. Esse movimento de renovação poética originou-se em 1866, na França, com o poeta Théophile Gauthier e com o primeiro número da revista *Le Parnasse Contemporain*, que pregava a objetividade na descrição do mundo, a contenção afetiva, a retomada dos temas da história antiga e o culto à forma.

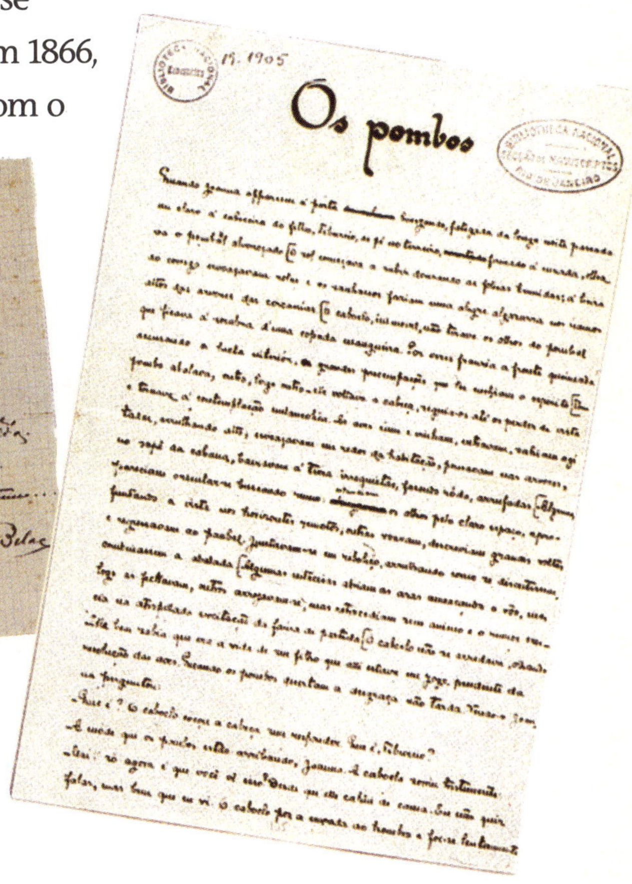

Henrique Maximiano Coelho Neto. *Os pombos*, cópia autógrafa, assinada, com correções, s/d.

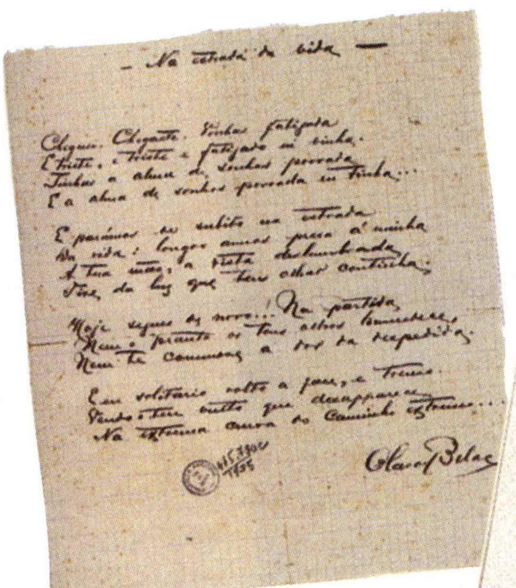

Olavo Bilac.
Na estrada da vida, *s/d.*

Entendia-se por forma a beleza externa do poema, sua decoração ou roupagem. O poema era um "produto de beleza", cuja qualidade supunha artesanato refinado e materiais nobres. Não se fazia um poema de qualidade num rasgo de inspiração, ou com temas e construções banais. Eram necessários versos rigorosamente medidos e cadenciados, palavras raras, rimas ricas, retidão gramatical, sintaxe de efeito, descrição pormenorizada de objetos como vasos, leques, estátuas, taças, conhecimento de mitologia grega.

Para os parnasianos a poesia era um ofício semelhante ao do ourives, que produz, com metais e pedras preciosas, joias ricas e duradouras. O poeta devia trabalhar os versos como quem lapida diamantes para compor um colar, burilar as estrofes como quem cinzela o ouro de um anel. Ou, tal como o escultor, deveria talhar sua imagem poética num bloco de granito tão resistente quanto o monte Parnaso – montanha da Grécia clássica dedicada a Apolo e às musas.

Andréa Mantegna. *O Parnaso*, 1497.

O Parnasianismo despontou na poesia brasileira em 1882, com a publicação de *Fanfarras*, de Teófilo Dias, mas adquiriu prestígio e popularidade sobretudo com Olavo Bilac, que resumiu para nós os princípios de sua estética no poema "Profissão de fé":

Invejo o ourives quando escrevo:
Imito o amor
Com que ele, em ouro, o alto-relevo
Faz de uma flor.

Imito-o. E, pois, nem de Carrara
A pedra firo:
O alvo cristal, a pedra rara,
O ônix prefiro.

Por isso, corre, por servir-me,
Sobre o papel
A pena, como em prata firme
Corre o cinzel.

Quero que a estrofe cristalina,
Dobrada ao jeito
Do ourives, saia da oficina
Sem nenhum defeito.

(...)

Assim procedo. Minha pena
Segue esta norma,
Por te servir, Deusa serena,
Serena Forma!

(...)

Celebrarei o teu ofício
No altar: porém,
Se inda é pequeno o sacrifício,
Morra eu também!

Caia eu também, sem esperança,
Porém tranquilo,
Inda, ao cair, vibrando a lança,
Em prol do estilo!

O que o poeta Olavo Brás Martins dos Guimarães Bilac (repararam como este nome forma um alexandrino, isto é, um verso de doze sílabas métricas?) afirmou na teoria, realizou na prática. Entre 1888 e 1889, quando escreveu o livro *Poesias* e compôs a letra do Hino à Bandeira; passando por 1907, quando foi eleito "príncipe dos poetas"; até os últimos anos de vida, 1915-1918, quando esteve a serviço das causas cívicas da alfabetização e do serviço militar obrigatório, Olavo Bilac dedicou-se com fervor à poesia, trabalhando seus poemas "como um beneditino", dispensando, a cada um, meticuloso apuro técnico. Com isso, cristalizou formas poéticas que resistiram ao tempo na admiração culta e popular do país. Manejando com perícia os componentes da estética parnasiana, Olavo Bilac ergueu dos mais tocantes e honrosos monumentos à Língua Portuguesa, no soneto "Última flor do Lácio":

Selo comemorativo pelo centenário de *Poesias*, de Olavo Bilac, 1988.

Última flor do Lácio, inculta e bela	*filiação à herança clássica romana*
És a um tempo esplendor e sepultura	*palavras nobres*
Ouro nativo que na ganga impura	*materiais nobres*
A bruta mina entre os cascalhos vela	*inversões na ordem gramatical da frase*
Amo-te assim, desconhecida e obscura	*culto desinteressado às letras*
Tuba de alto clangor, lira singela,	*efeitos rítmico-sonoros*
Que tens o trom e o silvo da procela	*rimas ricas*
E o arrolo da saudade e da ternura.	*chaves de ouros*
Amo teu viço agreste e teu aroma	*sensualidade*
De virgens selvas e oceanos largos.	*grandes imagens*
Amo-te, ó rude e doloroso idioma,	*poesia como sacrifício*
Em que no berço materno ouvi: "Meu filho"	*contenção biográfica*
E em que Camões chorou, no exílio amargo,	*referências cultas*
O gênio sem ventura e o amor sem brilho.	*vínculo com a herança lusa*

Outra bela realização de sofisticada elaboração parnasiana é o soneto "Círculo vicioso", de Machado de Assis:

Bailando no ar, gemia inquieto vaga-lume:

— "Quem me dera fosse aquela loura estrela,	*tema objetivo: o vaga-lume*
Que arde no eterno azul, como uma eterna vela!"	*emoção indireta do eu lírico*
Mas a estrela, fitando a lua com ciúme:	*aspiração aos valores perenes*
— "Pudesse eu copiar o transparente lume,	*referências plásticas, esculturais*
Que, da grega coluna à gótica janela,	*matriz cultural grega, europeia*
Contemplou, suspirosa, a fronte amada e bela!"	*materiais nobres*
Mas a lua, fitando o sol, com azedume:	*rimas ricas*
— "Mísera! Tivesse eu aquela enorme, aquela	*ousadias sintáticas*
claridade imortal, que toda a luz resume!"	*grandes imagens*
Mas o sol, inclinando a rútila capela:	*palavras raras*
— "Pesa-me esta brilhante auréola de nume...	*estética da claridade*
Enfara-me esta azul e desmedida umbela...	*rimas raras*
Por que não nasci eu um simples vaga-lume?"	*chave de ouro*

Os parnasianos também foram chamados de "impassíveis". A essa acusação Olavo Bilac respondeu:

Ninguém e nada é impassível: nem sei se as pedras podem viver sem alma. Uma estátua, quando é verdadeiramente bela, tem sangue e nervos.

Uma vez imposto em nossa cultura, o estilo parnasiano dominou o cenário crítico dos grandes jornais e ditou as normas da produção poética brasileira até 1922, ano da Semana de Arte Moderna. Basta lembrar que em concurso realizado para escolher a letra do Hino Nacional Brasileiro, em 1909, venceu a letra de características parnasianas do poeta Osório Duque Estrada:

Ouviram do Ipiranga as margens plácidas	*inversões gramaticais*
De um povo heroico o brado retumbante	*efeitos sonoros*
E o sol da liberdade, em raios fúlgidos	*adjetivos nobres*
Brilhou no céu da pátria nesse instante	*rimas ricas*

No período em que o estilo parnasiano representou a poética dominante, as manifestações literárias que fugiram a seu figurino foram julgadas inferiores. Essa atitude de desprezo prejudicou o Simbolismo e seu representante máximo no Brasil: Cruz e Sousa.

6. O SIMBOLISMO

Enquanto nosso Realismo descendeu de Flaubert, nosso Naturalismo, de Zola, nosso Parnasianismo, de Théophile Gauthier, o Simbolismo, entre nós, nasceu com o DNA das *Flores do mal* de Baudelaire, da *Art Poétique* de Verlaine e do Manifesto Simbolista de Jean Moréas, publicado em 1886. Este foi, talvez, o mais francês dos nossos movimentos literários. Não era para menos. Vivia-se o auge da influência francesa na cultura brasileira. A elite financeira importava luxos da *Belle Époque* parisiense, nossos intelectuais recebiam sopros de certo espírito *Décadence avec élegance* que por então afetava poetas e artistas da *Rive Gaúche,* bairro boêmio de Paris.

O Simbolismo na França nasceu nervoso, precioso, marginal, depressivo, entediado, antissocial, ou seja, apresentando todos os sintomas do "mal do século" em fase aguda. Prolongando o Romantismo, cultivou a expressão subjetiva. Na esteira do Parnasianismo, alinhou-se no âmbito da poesia pura desvinculada de preocupações morais, educacionais, políticas ou sociais. Aprofundou o intimismo romântico, ultrapassando a camada do sentimento, para sondar a zona do subconsciente, prestes a ser desbravada por Freud e seus estudos do sonho em 1901. Distanciou-se da óptica parnasiana, desinteressando-se das formas terrenas esculturais e precisas, para ver a Terra como nebulosa cósmica, mergulhada em enigmas.

Que tal imaginar a história dos movimentos literários como um pêndulo que balança entre:

Tic... Tac...

Para o Simbolismo, o ser humano na Terra era um desterrado em busca da pátria perdida, no mundo das Ideias. Na liderança dessa busca, o poeta era um decifrador de símbolos – correspondências entre os planos Material e Ideal. Era um intuitivo, um sensível, que enxergava nas formas da realidade palpável mensagens simbólicas do mundo abstrato que almejava alcançar. O poema nada mais era do que a expressão dessa visão. Se ele resultava incompreensível ao leitor comum, não importava. O poeta simbolista não se preocupava em dialogar com a humanidade, e sim com o universo etéreo das Ideias. Essa era a grande novidade. Com o Simbolismo, a linguagem poética saía da órbita da interpretação lógica e virava canto de videntes sintonizados com o sobrenatural, não por meio do sentimento ou da inteligência, mas dos sentidos e do inconsciente.

Em 1893, os meios literários brasileiros zombaram dos versos de *Broquéis,* livro com que o catarinense Cruz e Sousa (1861-1898) introduziu o Simbolismo entre nós. Mas a posteridade o consagrou como um dos grandes poetas brasileiros.

Cruz e Sousa. *Missal*, 1893, Magalhães & Cia. Editores, Livraria Moderna, Rio de Janeiro.

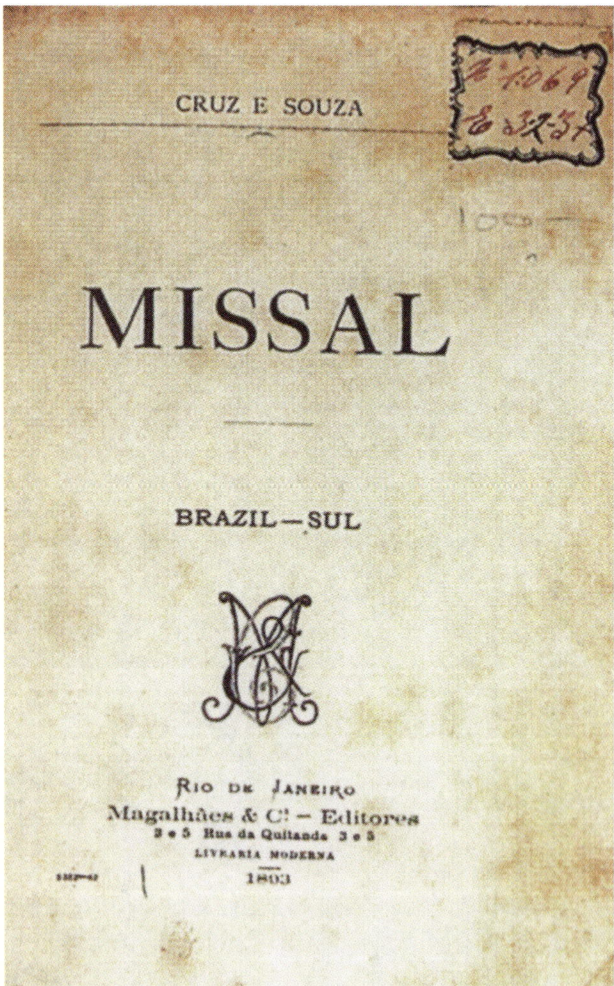
CRUZ E SOUZA

MISSAL

BRAZIL—SUL

Rio de Janeiro
Magalhães & C.ª – Editores
3 e 5 Rua da Quitanda 3 e 5
LIVRARIA MODERNA

CRUZ E SOUSA – VIDA OBSCURA

João da Cruz nasceu, filho de escravos, em 1861, na cidade de Desterro, hoje Florianópolis, Santa Catarina. Seus pais foram libertos pelos donos, o marechal Guilherme Xavier de Sousa e sua esposa Clara Angélica, por inícios da Guerra do Paraguai. Protegido pelos antigos senhores, de quem ganhou o sobrenome Sousa, João da Cruz pôde estudar no Ateneu Provincial Catarinense. Era um menino precoce, cedo chamado a exibir seus dons declamatórios e sua vocação para as letras. Dedicou-se logo à vida literária, dirigindo com o amigo Virgílio Várzea (com quem compôs *Tropos e fantasias,* em 1885) o jornal *A Tribuna Literária.* Mas também enfrentou a barreira do preconceito racial e precisou abandonar a província natal. Trabalhou como ponto para a companhia teatral de Julieta dos Santos, ocasião em que percorreu o país. Voltando a Santa Catarina, foi indicado promotor público em Laguna, mas teve a nomeação barrada por ser negro. Mudou-se então para o Rio de Janeiro, onde conviveu com o meio literário dos "novos", teve alguma atuação na imprensa e entrou para o serviço público, no cargo malremunerado de amanuense da Estrada de Ferro Central do Brasil. Em 1893 lançou, além de *Missal, Broquéis,* livro cuja concepção simbolista se encontra resumida no poema de abertura, "Antífona" (versículo cantado antes de um salmo):

Ó Formas alvas, brancas, Formas claras	formas no plural traduzem paisagem imprecisa
De luares, de neves, de neblinas!...	geografia não determinada, sobrenatural
Ó Formas vagas, fluidas, cristalinas...	estética dos vultos evanescentes
Incensos dos turíbulos das aras...	religiosidade sensorial e atemporal
Formas do Amor, constelarmente puras,	palavras em maiúscula traduzem busca das essências
De Virgens e Santas vaporosas...	amor platônico, sublimado, místico
Brilhos errantes, mádidas frescuras	correspondências sensoriais entre visão e tato
E dolências de lírios e de rosas...	correspondências entre o material e o espiritual
Indefiníveis músicas supremas,	"Antes de tudo, música!", dizia o simbolista Verlaine
Harmonias da cor e do Perfume...	sinestesia (sensação conjunta) entre visão e olfato
Horas do Ocaso, trêmulas, extremas,	temporalidade indeterminada, situada fora da História
Réquiem do Sol que a Dor da Luz resume	elementos cósmicos espiritualizados, apuro formal
Visões, salmos e cânticos serenos,	vocabulário litúrgico e nobre
Surdinas de órgãos flébeis, soluçantes...	musicalidade verbal em tom menor
Dormências de volúpicos venenos	aliteração, substantivos adjetivados (e vice-versa)
Sutis e suaves, mórbidos, radiantes...	venenos mórbidos são a liberação radiante da alma
Infinitos espíritos dispersos,	formas aladas do mundo das Ideias
Inefáveis, edênicos, aéreos,	formas inebriantes do paraíso não corpóreo
Fecundai o Mistério destes versos	segredos ocultos são matéria do poema
Com a chama ideal de todos os mistérios.	a fonte da poesia está fora da vida e da lógica

Retrato de Cruz e Sousa.

O Rio de Janeiro não proporcionou ao "Cisne negro" ou "Dante negro", como foi apelidado o autor de *Broquéis*, justa acolhida nos jornais e nas rodas literárias. O Parnasianismo dominante, quando não ridicularizou o poeta diretamente, chamou de excêntrica sua poesia, que vinha enriquecer nossa tradição literária com novas imagens, novo ritmo, novos tons sedutores. Ao desprezo intelectual e às dificuldades financeiras que o poeta sofreu, somaram-se dores agudas na vida particular: seus pais morreram, a mulher, Gavita, negra como ele, enlouqueceu, dois dos seus quatro filhos morreram prematuramente (o de maior sobrevida morreria aos 17 anos), e o próprio poeta contraiu tuberculose. Em 1898, aos 37 anos, pobre e tísico, mudou-se para Sítio, Minas Gerais, na esperança de cura. Lá morreu três dias depois. Seu corpo foi transportado para o Rio de Janeiro num vagão de animais.

A fatalidade de ser negro num Brasil que recém abolira a escravidão torna comovente uma obra poética voltada para a realização espiritual como válvula de escape aos sofrimentos terrenos. Ao lermos o soneto "Vida obscura", de Cruz e Sousa, não há como não pensarmos na vida de amarguras que o poeta levou:

Ninguém sentiu o teu espasmo obscuro

Ó ser humilde entre os humildes seres.
Embriagado, tonto dos prazeres,
O mundo para ti foi negro e duro.

Atravessaste num silêncio escuro
A vida presa a trágicos deveres
E chegaste ao saber de altos saberes
Tornando-te mais simples e mais puro.

Ninguém te viu o sentimento inquieto,
Magoado, oculto, aterrador, secreto,
Que o coração te apunhalou no mundo.

Mas eu, que sempre te segui os passos,
Sei que cruz infernal prendeu-te os braços,
E o teu suspiro como foi profundo!

Outro brasileiro que deu voz ao Simbolismo foi o poeta mineiro Alphonsus de Guimaraens (1870-1921). Sonho, sugestão, religiosidade, melodia suave são os ingredientes de sua poesia. Perder a razão, cedendo ao fascínio de voar para um mundo mais belo!... Esse tema simbolista, tratado sob forma de canção leve, despida de ornamentos, fez de "Ismália" um poema ao gosto moderno:

Quando Ismália enlouqueceu,
Pôs-se na torre a sonhar...
Viu uma lua no céu,
Viu outra lua no mar.

No sonho em que se perdeu
Banhou-se toda em luar...
Queria subir ao céu,
Queria descer ao mar....

E, no desvario seu,
Na torre pôs-se a cantar..
Estava perto do céu,
Estava longe do mar...

E como um anjo pendeu
As asas para voar...
Queria a lua do céu,
Queria a lua do mar...

7. SÉCULO XX - PRIMEIRAS DÉCADAS

Na Europa, em finais do século XIX, já se falava em Modernismo. O verbo inovar seguia mandando nas artes, pondo em pé movimentos, para logo derrubá-los

em nome de outras novidades. Em meio aos vários modismos que nesse período pipocaram mundo afora, o Modernismo hispano-americano, representado por Rubén Darío, voltou as costas para o ontem; o vanguardismo militante, do russo Maiakovski, posicionou-se na dianteira do hoje; o futurismo, do italiano Marinetti, pretendeu desbravar o amanhã. Foi quando estourou a Primeira Guerra Mundial (1914-1918), explodindo com ela as antigas certezas do europeu. Em 1916, sob o fogo cruzado dos canhões, o Dadaísmo, do romeno Tristan Tzara, propôs a anulação das tradições culturais do Ocidente:

> *NADA, NADA, NADA! Nada de pintores,*
>
> **nada de literatos, nada de músicos, nada de escultores, nada de religiões, nada de republicanos, nada de realistas, nada de imperialistas, nada de anarquistas, nada de socialistas, nada de bolcheviques, nada de políticos, nada de proletários, nada de democratas, nada de burgueses, nada de aristocracia, nada de exércitos, nada de polícia, nada de pátrias... NADA, NADA, NADA, NADA!**

Nas duas primeiras décadas do século XX, o Brasil não foi palco das mesmas comoções violentas que abalaram a Europa. Sem gritos retumbantes nem autores reunidos em torno de novos ideais literários, nossa entrada na casa dos 1900 pareceu feita ao ritmo dos versos de Cruz e Sousa:

> *Anda em mim, soturnamente,*
>
> **uma tristeza ociosa**
> **sem objetivo, latente,**
> **vaga, indecisa, medrosa.**

Nossa literatura cultivou heranças, sem ânimo para mudar estruturas profundas. Ocuparam a linha de frente da criação poética a publicação póstuma dos *Últimos sonetos,* de Cruz e Sousa; a poesia cientificista e de tons macabros de Augusto dos Anjos em *Eu,* livro de 1912, que foi popular entre a classe operária; a ousadia feminista de Gilka Machado em *Cristais partidos,* que, em 1915, escandalizou os círculos letrados. Isso, num contexto geral de beletrismo parnasiano, amenizado por simbolismos esmaecidos de tons "penumbristas" e "crepusculares". O termo "penumbrismo", de resto, acabou sendo usado como referência à produção poética desse período (hoje em dia também chamado, para efeitos didáticos, de Pré-Modernismo).

Selo comemorativo do centenário do nascimento de Gilka Machado, 1993.

Na vasta produção em prosa do começo do século XX, frutificou, por entre os ramos de antigas tendências novecentistas, um regionalismo ligado a fatos econômicos e problemas sociais contemporâneos. Em 1902, *Canaã,* de Graça Aranha, enfocou a questão da imigração alemã no Espírito Santo. No mesmo ano, Euclides da Cunha, em *Os sertões,* documentou o episódio por ele testemunhado da Guerra de Canudos no sertão baiano. Em 1911, com *Triste fim de Policarpo Quaresma,* Lima Barreto deu visão política e histórica a um morador de subúrbio carioca. Em 1912, os *Contos gauchescos,* de Simões Lopes Neto, fixaram o universo social e linguajar gauchescos. Com *Urupês,* de 1918, *Cidades mortas,* de 1919, e *Negrinha,* de 1920, Monteiro Lobato deu fama aos caboclos do Vale do Paraíba e do interior rural paulista.

Algumas ideias penumbristas... ou pré-modernistas?

Ideias de dois imigrantes alemães rumo à terra prometida de Canaã, no Espírito Santo:

Lentz: A superioridade germânica é indiscutível. A força é eterna. O forte atrai o fraco, subjuga o escravo e a mulher. Tudo é subordinação e governo.

Milkau: Os seres são desiguais mas podem chegar à unidade, cada um contribuindo com amor. O mal está na força; é necessário renunciar à força, à autoridade, ao governo, à posse, à violência.

Ideias de Policarpo Quaresma:

Para salvar o Brasil é preciso adotar a língua tupi-guarani como língua oficial, alimentar-se só de comidas brasileiras, receber visitas chorando e gesticulando como os índios goitacás, ter na biblioteca só autores nacionais, e a obra completa de apenas dois autores: José de Alencar e Gonçalves Dias.

Ideias de Jeca Tatu:

Nada paga a pena. De qualquer jeito se vive.

Retrato de Euclides da Cunha

ENTREVISTA COM EUCLIDES DA CUNHA, AUTOR DE *OS SERTÕES:*

Em 1897, correspondente do jornal O *Estado de S. Paulo,* Euclides da Cunha foi testemunha ocular da mortandade governamental que extinguiu o arraial místico de Antônio Conselheiro e seus seguidores fanáticos em Canudos, sertão baiano. De volta ao Rio de Janeiro, escreveu *Os sertões,* livro que o consagrou como um dos grandes autores de língua portuguesa. "A terra", "O homem" e "A luta" são as três partes em que se dividem *Os sertões.* "A terra" descreve com rigor científico e extrema sensibilidade poética o cenário

da Guerra de Canudos. Mais do que mero ambiente da história, a caatinga é apresentada como causa e personagem na ação. Ela isolou no tempo o homem do sertão do seu irmão no litoral e com isso motivou entre eles uma luta fratricida. Sua vegetação árida foi a armada fantástica que se aliou o quanto possível à resistência sertaneja. "O homem" estuda o tipo humano do jagunço e de seu líder religioso Antônio Conselheiro. "A luta" relata a guerra que o governo republicano empreendeu contra os primitivos sertanejos, até a aniquilação do povoado de Canudos e de seu chefe carismático, julgado um louco que tramava restabelecer a monarquia no Brasil.

Era Antônio Conselheiro um doido varrido do sertão?

E. C.: *Isolado, ele se perde na turba dos nevróticos vulgares. Pode ser incluído numa modalidade qualquer de psicose progressiva. Mas posto em função do meio, assombra... As fases singulares de sua existência não são, talvez, períodos sucessivos de uma moléstia grave, mas são, com certeza, resumo abreviado dos aspectos predominantes de mal social gravíssimo. Por isto o infeliz, destinado à solicitude dos médicos, veio, impelido por uma potência superior, bater de encontro a uma civilização, indo para a história, como poderia ter ido para o hospício.*

Antônio Conselheiro era um pregador incompreendido?

E. C.: *Não era um incompreendido. A multidão aclamava-o representante natural das aspirações mais altas. Não foi, por isto, além. Não deslizou para a demência... Ao atravessar largos anos nas práticas ascéticas, o sertão alvorotado, tinha na atitude, na palavra e no gesto a tranquilidade, a altitude e a resignação soberana de um apóstolo antigo.*

Cabe a Antônio Conselheiro a imagem do herói revolucionário?

E. C.: *Antônio Conselheiro foi um gnóstico bronco. Era o profeta, o emissário das alturas, tendo uma função exclusiva: apontar aos pecadores o caminho da salvação. Satisfez-se sempre com este papel de delegado dos Céus. Não foi além. A sua frágil consciência oscilava em torno dessa posição média, expressa pela linha ideal que o médico inglês Maudsley lamenta não se poder traçar entre o bom senso e a insânia. Parou aí... nessa zona mental onde se confundem facínoras e heróis, reformadores brilhantes e aleijões tacanhos, e se acotovelam gênios e degenerados.*

O que se sabe sobre a vida de Antônio Conselheiro?

E. C.: *Em Quixeramobim, sob a disciplina de um pai de honradez proverbial e ríspido, teve educação que de algum modo o isolou da turbulência da família. Indicam--no testemunhas de vista como adolescente tranquilo e tímido, sem o entusiasmo feliz dos que seguem as primeiras escalas da vida. Falecendo o pai em 1855, Antônio Vicente Mendes Maciel, o Conselheiro, prossegue na mesma vida corretíssima e calma. Arrostando com a tarefa de velar por três irmãs solteiras, revelou abnegação rara. Somente depois de as ter casado procurou, por sua vez, um enlace que lhe foi nefasto. Data daí a sua existência dramática. A mulher foi a sobrecarga adicionada à tremenda carga hereditária, que desequilibraria uma vida iniciada sob os melhores auspícios. Em poucos anos vive em diversas vilas e povoados. Adota diversas profissões. De repente, surge--lhe revés violento. Foge-lhe a mulher, raptada por um policial. Foi o desfecho. Fulminado de vergonha, o infeliz procura o recesso dos sertões, paragens desconhecidas, onde não lhe saibam o nome, o abrigo da absoluta obscuridade. Passaram-se dez anos. O moço infeliz de Quixeramobim* ficou de todo esquecido. Morrera, para assim dizer. É desconhecida sua existência durante tão largo período. Aparecia sem destino fixo, errante... Nada referia sobre o passado. Andava sem rumo certo de um pouso para outro, indiferente à vida e aos perigos, alimentando-se mal e ocasionalmente dormindo ao relento à beira dos caminhos, numa penitência demorada e rude... Tornou-se logo alguma coisa de fantástico ou mal-assombrado.

Como era Antônio Conselheiro pregando?

E. C.: *Era assombroso, afirmam testemunhas existentes. Parco de gestos, falava largo tempo, olhos em terra, sem encarar a multidão... Tinha, entretanto, ao que parece, a preocupação do efeito produzido por uma ou outra frase mais incisiva. Enunciava-a e emudecia; levantava a cabeça, descerrava de golpe as pálpebras; viam-se-lhe então os olhos extremamente negros e vivos, e o olhar – uma cintilação ofuscante... Ninguém ousava contemplá-lo. A multidão sucumbida abaixava, por sua vez, as vistas, fascinada, sob o estranho hipnotismo daquela insânia formidável.*

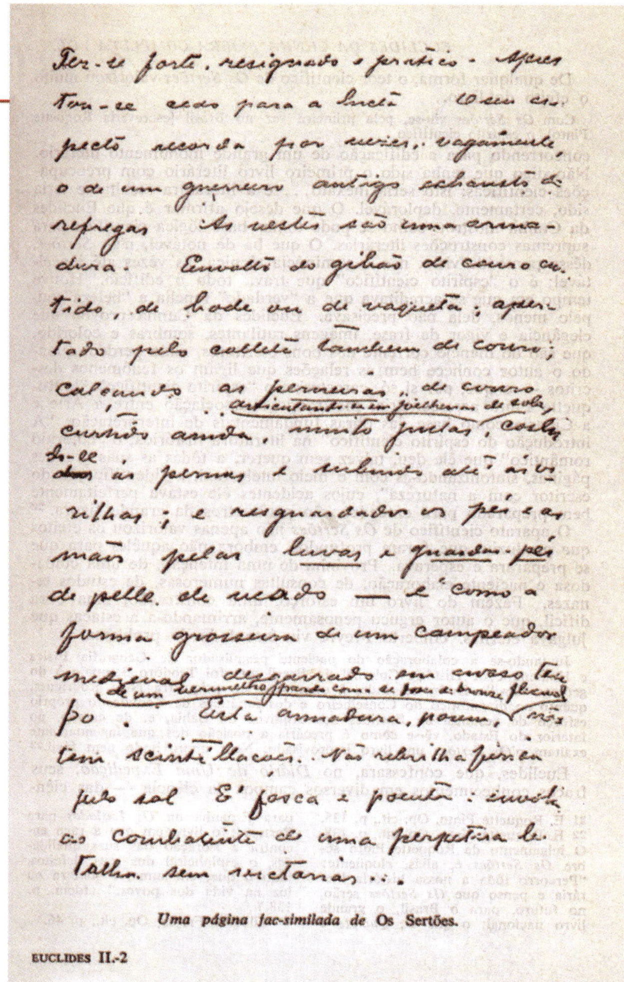
Fez-se forte, resignado e pratico - Apresentou-se cedo para a lucta. O seu aspecto recorda, por vezes, vagamente o de um guerreiro antigo exhausto de refregas. As vestes são uma armadura. Envolto no gibão de couro curtido, de bode ou de vaqueta; apertado pelo collete tambem de couro; calçando as perneiras, de couro curtido ainda, muito justas, articuladas em joelheiras de sola, cosidas ás pernas e subindo até ás virilhas; e resguardados os pés e as mãos pelas luvas e guarda-pés de pelle de veado — é como a forma grosseira de um campeador medieval desgarrado em nosso tempo. Esta armadura, porém, de um vermelho-pardo como se fosse de bronze flexivel, não tem scintillações. Não rebrilha ferida pelo sol. É fosca e poenta. Envolve os combatentes de uma perpetua batalha sem victorias...

Uma página fac-similada de Os Sertões.

EUCLIDES II.-2

Fac-símile do original de uma página de *Os sertões*, de Euclides da Cunha.

A pregação de Antônio Conselheiro tinha cunho político?

E. C.: *Pregava contra a República, é certo. Mas não traduzia o mais pálido intuito político: o jagunço é tão inapto para apreender a forma republicana como a monárquico-constitucional. Ambas lhe são abstrações inacessíveis. É espontaneamente adversário de ambas. Está na fase evolutiva em que só é conceptível o império de um chefe sacerdotal ou guerreiro.*

Quais as causas estruturais da Guerra de Canudos?

E. C.: *Vivendo quatrocentos anos no litoral vastíssimo, em que palejam reflexos da vida civilizada, tivemos de improviso, como herança inesperada, a República. Ascendemos de chofre, arrebatados na caudal dos ideais modernos, deixando na penumbra secular em que jazem, no âmago do país, um terço da nossa gente. Iludidos por uma civilização de empréstimo, respingando em faina cega de copistas, tudo o que de melhor existe nos códigos orgânicos de outras nações, tornamos mais fundo o contraste entre o nosso modo de viver e o daqueles rudes patrícios, mais estrangeiros nesta terra do que os imigrantes da Europa. Porque não no-los separa um mar, separam-no-los três séculos...*

Quais as causas imediatas da luta?

E. C.: *Determinou-a incidente desvalioso. Antônio Conselheiro adquirira em Juazeiro certa quantidade de madeiras, que não podiam fornecer-lhe as caatingas paupérrimas de Canudos. Mas ao terminar o prazo ajustado para o recebimento do material, que se aplicaria no remate da igreja nova, não lho entregaram. Ante a violação do trato, Canudos retrucou com a ameaça de uma investida sobre a bela povoação de São Francisco: as madeiras seriam de lá arrebatadas à força. O caso passou em dias de outubro de 1896.*

O incidente virou caso nacional. Tropas governamentais lutaram durante um ano contra a comunidade de jagunços esfomeados e rotos, até a morte do seu chefe, em setembro de 1897. Mas Canudos se rendeu?

E. C.: *Canudos não se rendeu. Exemplo único em toda a História, resistiu até o esgotamento completo. Expugnado palmo a palmo, na precisão integral do termo, caiu no dia 5 de outubro de 1897, ao entardecer, quando caíram seus últimos defensores, que todos morreram. Eram quatro apenas: um velho, dois homens feitos e uma criança, na frente dos quais rugiam raivosamente mil soldados.*

O crânio de Antônio Conselheiro, trazido para o litoral, foi retratado, estudado e exibido às multidões. Diante dele, qual foi a última palavra da ciência?

E. C.: *Ali estavam, no relevo de circunvoluções expressivas, as linhas essenciais do crime e da loucura...*

E a última palavra do autor?

E. C.: *Duas linhas. É que não existe um Maudsley para as loucuras e os crimes das nacionalidades...*

Rendição de Canudos.

Euclides da Cunha, em *Os sertões*, coroou com grande estilo o movimento cientificista da segunda metade do século XIX, revelando para nossos leitores do litoral urbano a monumental radiografia de um Brasil que escondia sob sua pele costeira, republicana e progressista, ossos interiores de aberrante atraso e ignorância. Seu esforço de interpretação da realidade brasileira influenciou bastante o romance nordestino de 1930.

No mais, com respeito ao início do século XX, pode-se dizer que a contestação artística moderou o passo até 1922, quando a famosa Semana de Arte Moderna operou mudanças decisivas no panorama de nossa “arte de escrever com arte”.

Questionamento da Escrita Artística no Brasil Independente

5

1. SÉCULO XX – MODERNISMO E SEMANA DE ARTE MODERNA

O Modernismo brasileiro, como movimento organizado, começou com a Semana de Arte Moderna, um tumultuado festival de cultura que se realizou no Teatro Municipal de São Paulo, em fevereiro de 1922, e que reuniu em sua programação conferências, recitais de música, mostras de artes plásticas, manifestos e declarações extremadas a favor da arte moderna.

Retrato de Mário de Andrade em 17 de junho de 1927, durante viagem que fez do Amazonas até o Peru.

O organizador do evento e seu chefe, Mário de Andrade (1893-1945), proclamou em discurso bombástico o rompimento do espírito moderno com os estilos literários do passado, criticou as velhas maneiras de pensar da nossa elite, cobrou a urgência de nossos criadores plantarem os pés na realidade brasileira, pelo estudo da cultura popular e do folclore nacionais.

Embora vaiadas pelo público, suas ideias vingaram, difundidas no país por meio de revistas que ajudaram a fecundar o movimento modernizador das artes e sua ação reformuladora da "inteligência nacional".

KLAXON – MENSÁRIO DE ARTE MODERNA

A revista Klaxon *surgiu em São Paulo, três meses após a Semana de Arte Moderna, com nove números entre 1922 e 1923. Seu tema geral era a defesa e a explicação das propostas modernistas. Os membros do grupo Klaxon (que significava buzina externa dos automóveis) eram klaxistas. Queriam uma arte atual, dinâmica, transformadora, contrária ao confessionalismo lamentoso e à melancolia. O primeiro número da revista* Klaxon, *lançado em maio de 1922, propunha resolver o problema do sentimentalismo romântico da seguinte forma:*

Problema: Século XIX – Romantismo, Torre de Marfim, Simbolismo. Em seguida, o fogo de artifício internacional de 1914. Há perto de 130 anos que a humanidade está fazendo manha.

A revolta é justíssima. Queremos construir a alegria. Molhados, resfriados, reumatizados por uma tradição de lágrimas artísticas, decidimo-nos.

Solução: Operação cirúrgica. Extirpação das glândulas lacrimais!

Klaxon, nº 6, São Paulo, 15 de outubro de 1922.

Além de propostas-piadas, Klaxon *exibia em contracapa o anúncio satírico de uma fábrica de sonetos:*

PANUOSOPHO, PATEROMNIUM & CIA
Grande Fábrica Internacional
De
SONETOS, MADRIGAES, BALLADAS E QUADRINHAS

TRABALHO BEM ACABADO, GARANTIDO POR CINCO LEITURAS. RAPIDEZ E DISCREÇÃO.

FORNECEM-SE IDÉIAS DE TODOS OS PREÇOS, CÔRES E TAMANHOS

Tabella Geral

Quadrinhos, desde $200 a .... 1$000
Ballada, desde 1$300 a .... 5$000
Madrigaes, epitáphios, acrósticos, etc.
Preço de ocasião.

Sonetos simples .... 1$000
Idem com rimas riscas .... 1$500
Idem com consoantes de apoio .... 1$500
Idem com chaves de ouro .... 3$000

O editorial dizia:

Klaxon cogita principalmente sobre arte. Mas quer representar a época de 1920 em diante. Por isso é polimorfo, onipresente, inquieto, cômico, irritante, contraditório, invejado, insultado, feliz.

Outros periódicos modernistas foram *A Revista,* de que participou Carlos Drummond de Andrade em 1926, e *A Revista de Antropofagia* (que, em vez de edições, teve "dentições"). Na primeira "dentição", de 1928, Oswald de Andrade publicou seu Manifesto Antropófago. No segundo número, Mário de Andrade publicou o primeiro capítulo de *Macunaíma.* No terceiro número, Carlos Drummond de Andrade publicou seu poema "No meio do caminho".

Para Mário de Andrade, à Literatura Brasileira não bastava ser independente de Portugal ou da Europa, como desejara o Romantismo. Precisava ademais não virar as costas para o povo brasileiro, falando complicado, com frases empoladas, imagens pedantes, palavras raras. A seu ver, impunha-se desmontar o beletrismo novecentista gasto e seu tradicional conceito de "escrever bonito". Chegara o momento de nossos escritores acolherem a língua brasileira do dia a dia, sua oralidade cotidiana, o falar dos segmentos desconhecidos do primitivismo nacional. "A língua brasileira é das mais ricas e sonoras e possui o admirabilíssimo 'ão'", escreveu Mário de Andrade no "Prefácio interessantíssimo" de *Pauliceia desvairada,* primeiro livro de poemas do nosso Modernismo, publicado em 1922. Procurando dar à Literatura Brasileira um sotaque popular, Mário de Andrade em seus textos escrevia "si", e não "se", "quasi", e não "quase", "guspe" e não "cuspe".

Mário de Andrade, *Pauliceia Desvairada*, 1922, Casa Mayença, São Paulo, primeira edição.

Era hora, enfim, de rever o problema da nacionalidade brasileira, questionando seus mitos heroicos, o que o próprio Mário de Andrade intentou fazer no romance *Macunaíma,* de 1928, apresentando-nos ao novo herói preguiçoso, sem caráter, malandro, gozador e libertino da nossa gente:

No fundo do mato-virgem nasceu Macunaíma, herói de nossa gente.

Era preto retinto e filho do medo da noite. Houve um momento em que o silêncio foi tão grande escutando o murmurejo do Uraricoera, que a índia Tapanhumas pariu uma criança feia. Essa criança é que chamaram de Macunaíma.

Já na meninice fez coisas de sarapantar. De primeiro passou mais de seis anos não falando. Si o incitavam a falar, exclamava:

– Ai que preguiça!...

E não dizia nada. Ficava no canto da maloca, trepado no jirau de paxiúba, espiando o trabalho dos outros e principalmente os dois manos que tinha, Maanape já velhinho e Jiguê na força do homem. O divertimento dele era decepar cabeça de saúva. Vivia deitado mas si punha os olhos em dinheiro, Macunaíma dandava pra ganhar vintém. E também espertava quando a família ia tomar banho no rio, todos juntos e nus. No mucambo, si alguma cunhatã se aproximava dele pra fazer festinha, Macunaíma punha a mão nas graças dela, cunhatã se afastava. Nos machos cuspia na cara.

Ao lado de Mário de Andrade, Oswald de Andrade (1890-1954) encarnou o papel de agitador da Semana de Arte Moderna, disparando seu humor corrosivo contra convenções, instituições, tradições prezadas pela sociedade de então. Em 1924, lançou *Memórias sentimentais de João Miramar,* a obra em prosa mais desconcertante do Modernismo, e nesse mesmo ano investiu contra as fórmulas envelhecidas da linguagem literária tradicional no "Manifesto da Poesia Pau-Brasil":

> A poesia existe nos fatos.
>
> Contra o gabinetismo, a prática culta da vida.
>
> A língua sem arcaísmos, sem erudição. A contribuição milionária de todos os erros. Como falamos. Como somos.
>
> A poesia Pau-Brasil é uma sala de jantar domingueira, com passarinhos cantando na mata resumida das gaiolas, um sujeito magro compondo uma valsa para flauta e a Maricota lendo o jornal. No jornal anda todo o presente.
>
> Nenhuma fórmula para a contemporânea expressão do mundo. Ver com olhos livres.
>
> Acertar o relógio império da *literatura nacional*.
>
> O contrapeso da originalidade nativa para inutilizar a adesão acadêmica. A reação contra todas as indigestões de sabedoria. Apenas brasileiros de nossa época.

Ponta de lança do batalhão modernista, Oswald de Andrade ironizou o idealismo romântico, recriando o índio como expressão da pátria brasileira, só que, agora, não mais em razão de sua pureza e bravura, e, sim, de sua suposta preguiça atávica e remoto canibalismo. No "Manifesto Antropófago", defendeu o ritual da antropofagia, como meio de o artista brasileiro tudo incorporar em seu organismo – incluindo influências estrangeiras – para o bem da cultura nacional:

> Só a antropologia nos une. Socialmente. Economicamente. Filosoficamente.
>
> *Tupy or not tupy, that is the question.*
>
> Só me interessa o que não é meu. Lei do homem. Lei do antropófago. Antropofagia.
>
> Absorção do inimigo sacro. Para transformá-lo em totem. A alegria é a prova dos nove.
>
> Queremos a revolução caraíba. Maior que a Revolução Francesa. Contra a Memória fonte do costume. A experiência pessoal renovada.

O Modernismo atravessava sua fase combativa de repúdio à arte do passado e de desenfreada busca das raízes nacionais quando o pernambucano transferido para o Rio de Janeiro Manuel Bandeira (1886-1968), mesmo sem participar diretamente da Semana de Arte Moderna, integrou-se ao movimento, abraçando sua concepção libertária da criação artística. Manuel Bandeira estreara em poesia com o livro de perfil penumbrista *A cinza das horas*, de 1917. Em pouco tempo, convencido de que o uso obrigatório do traje a rigor nas redomas da tradição parnasiano-simbolista vinha sufocando a poesia brasileira, o poeta deu-lhe roupas mais descontraídas em *Ritmo dissoluto*, de 1924. Consagrou a informalidade poética em 1930, com *Libertinagem*, quando demonstrou ser um dos melhores poetas do verso livre em Língua Portuguesa.

Manuel Bandeira na casa de seus pais, Rio de Janeiro, década de 1920.

Poética

de Manuel Bandeira – um manifesto da postura modernista.

Estou farto do lirismo comedido

Do lirismo bem-comportado
Do lirismo funcionário público com livro de ponto expediente
protocolo e manifestações de apreço ao sr. Diretor
Estou farto do lirismo que para e vai averiguar no dicionário
o cunho vernáculo de um vocábulo.

Abaixo os puristas.

Todas as palavras sobretudo os barbarismos universais
Todas as construções sobretudo as sintaxes de exceção
Todos os ritmos sobretudo os inumeráveis

Estou farto do lirismo namorador
Político
Raquítico
Sifilítico
De todo lirismo que capitula ao que quer que seja fora
de si mesmo
De resto não é lirismo
Será contabilidade tabela de cossenos secretário do amante
exemplar com cem modelos de cartas e as
diferentes maneiras de agradar às mulheres.

Quero antes o lirismo dos loucos
O lirismo dos bêbados
O lirismo difícil e pungente dos bêbados
O lirismo dos *clowns* de Shakespeare

– não quero mais saber do lirismo que não é libertação.

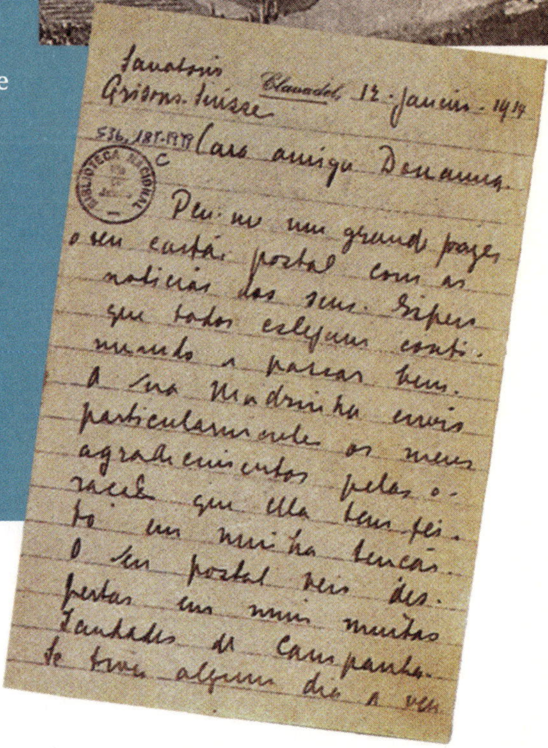

Sanatorio Clavadel 12-janeiro-1914
Grisons. Suisse

Cara amiga Donana.

Recebi um grande prazer o seu cartão postal com as noticias dos seus. Espero que todos estejam continuando a passar bem. A sua Madrinha envio particularmente os meus agradecimentos pelas orações que ella tem feito em minha tenção. O seu postal veio despertar em mim muitas saudades de Campanha. Se tiver algum dia a ver

Documentos de Manuel Bandeira, incluindo uma carta à sua amiga Donana (Ana Sales Brandão), 14 de janeiro de 1914, e uma foto do sanatório de Clavadel, Suíça, onde esteve internado.

O público brasileiro aprovou a poética de *Libertinagem*, em que constam os poemas "Pneumotórax", "Evocação do Recife", "Irene no Céu", "Vou-me embora pra Pasárgada", "Poema tirado de uma notícia de jornal", entre outros que se tornaram referências populares da nossa cultura moderna. O sucesso de Manuel Bandeira estava em revelar com simplicidade espontânea a poesia tocante que existe nas coisas banais e corriqueiras.

Manuel Bandeira confessa que foi com o pai que se embebeu da ideia de que a poesia está em tudo – tanto nos amores como num par de chinelos, tanto nas coisas lógicas como nas disparatadas:

Todos os dias a poesia reponta onde menos se espera: numa notícia policial dos jornais, numa tabuleta de fábrica, num nome de hotel da Floriano, nos anúncios da casa Matias...

Em receitas de cozinha, em bulas médicas, em anúncios publicitários, na embalagem de sabonetes. Aqueles sabonetes de seu tempo, da marca Araxá:

As três mulheres do sabonete Araxá me

Invocam, me bouleversam, me hipnotizam
Oh, as três mulheres do sabonete Araxá às
Quatro horas da tarde!
O meu reino pelas três mulheres do sabonete Araxá!

A poesia de Manuel Bandeira se inscreve nessa linha sutil que separa a frase feita, moldada na linguagem do cotidiano, da frase feita remoldada pelo olhar "não cotidiano" do poeta, por onde o pão nosso de cada dia, por exemplo, vira trem:

Café com pão

Café com pão
Café com pão

Virge Maria que foi isto

Agora sim
Café com pão
Agora sim
Voa, fumaça
Corre, cerca
Ai seu foguista
Bota fogo
Na fornalha
Que eu preciso
Muita força
Muita força
Muita força.

Oo
Foge, bicho
Foge, povo
Passa ponte
Passa poste
Passa pasto
Passa boi
Passa boiada
Passa galho
De ingazeira
Debruçada
No riacho
Que vontade
De cantar!

Maria-fumaça em estação de trem de Tiradentes/MG.

Oo...
Quando me prendero
No canaviá
Cada pé de cana
Era um oficiá
Oo...
Menina bonita
Do vestido verde
Me dá tua boca
Pra matá minha sede
Oo...
Vou mimbora vou mimbora
Não gosto daqui
Nasci no sertão
Sou de Ouricuri
Oo...

Vou depressa
Vou correndo
Vou na toda
Que só levo
Pouca gente
Pouca gente
Pouca gente...

Manuel Bandeira, reconhecendo sua dívida para com a Semana de Arte Moderna, afirmou numa crônica:

Não há poeta modernista, grande ou pequeno, que não deva a Mário de Andrade alguma coisa. Os grandes fizeram estrada real no rastro deste abridor de picadas.

Carlos Drummond de Andrade, 2 de outubro de 1927.

Um desses grandes foi o poeta Carlos Drummond de Andrade (1902-1989), que, assimilando as conquistas formais do Modernismo, soube colocá-las a serviço de uma poesia que aprofunda e renova a expressão do "Eu" atento às circunstâncias do presente e solidário com o mundo.

Vejam como se apresenta Carlos Drummond de Andrade na abertura de *Alguma poesia* (reunião de poemas escritos entre 1923 e 1930), seu primeiro livro, dedicado a Mário de Andrade:

Poema de Sete Faces

QUANDO NASCI, um anjo torto
desses que vivem na sombra
disse: Vai, Carlos! ser *gaúche* na vida.

distanciamento do eu lírico mediante criação de personagens
como Carlos e o anjo torto, que na moita observa a vida
o gaúche (desajeitado) é o anti-herói moderno

As casas espiam os homens
que correm atrás de mulheres.
A tarde talvez fosse azul,
não houvesse tantos desejos.

descontinuidade entre as estrofes, fragmentação antidiscursiva
imagem ousada: casas espiam
descontinuidade entre frases
a poesia antidiscursiva não desenvolve imagens

O bonde passa cheio de pernas:
pernas brancas pretas amarelas.
Para que tanta perna, meu Deus,
pergunta meu coração.
Porém meus olhos
não perguntam nada.

observação do momento presente
captação da realidade brasileira
interrogação filosófica do Eu no mundo
desencanto do olhar moderno; reduzido à percepção física,
não se sensibiliza com a emoção romântica do coração

O homem atrás do bigode
é sério, simples e forte.
Quase não conversa.
Tem poucos, raros amigos
o homem atrás dos óculos e do bigode.

olhar preso à vida que se desenrola à volta
ênfase ao corriqueiro
poesia seca da constatação
paródia da análise psicológica
o poeta é intérprete do homem comum

Meu Deus, por que me abandonaste,
se sabias que eu não era Deus,
se sabias que eu era fraco.

desabafo-surpresa, criação de expectativa mística
derrubada da expectativa mística com argumento descrente
lucidez do gaúche – do torto e desajeitado na vida

Mundo mundo vasto mundo,
se eu me chamasse Raimundo
seria uma rima, não seria uma solução
Mundo mundo vasto mundo,
mais vasto é meu coração.

Apelo eloquente e imagem grandiosa
reflexão despertada por associação sonora banaliza o apelo
falência do sentido da versificação tradicional
retomada do apelo emotivo banalizado
lapso emotivo individualista

Eu não devia te dizer
mas essa lua
mas esse conhaque
botam a gente comovido como o diabo.

tratamento informal do interlocutor
uso irônico de símbolo romântico
maneira de depreciar a emoção que o modernismo combate
em vez da chave de ouro, a frase feita na boca do povo

Carlos Drummond começou a ser *gaúche* na vida identificando-se com o viés travesso do Modernismo:

Cota Zero

Stop.
A vida parou
ou foi o automóvel?

Poema-relâmpago?
Poema-pílula?
Poema mínimo?
Isto é um poema?

A tendência ladina de Drummond explica por que o seu poema "No meio do caminho" provocou maior reação entre os adversários do Modernismo do que qualquer outro poema das vanguardas combativas "Pau-Brasil" ou "Antropofagia", vindo a se transformar no verdadeiro pomo da discórdia modernista e antimodernista entre nós.

Drummond em flagrante de fotógrafo anônimo de rua, Belo Horizonte, março de 1932.

A INCRÍVEL HISTÓRIA DE UMA PEDRA NO MEIO DO CAMINHO

Um poema de dez versos que, em verdade, são três, pois repete várias vezes um mesmo verso e umas poucas palavras. Há três quartos de século dividiu a opinião pública brasileira e talvez como nenhum outro em nossa literatura foi tão discutido, parodiado, atacado, interpretado, louvado, incorporado à linguagem de toda a gente.

O que dizia o poema de tão explosivo e bombástico? Dizia simplesmente:

No meio do caminho tinha uma pedra
tinha uma pedra no meio do caminho
tinha uma pedra
no meio do caminho tinha uma pedra.

Nunca me esquecerei desse acontecimento na vida de minhas retinas tão fatigadas.
Nunca me esquecerei que no meio do caminho
tinha uma pedra
tinha uma pedra no meio do caminho
no meio do caminho tinha uma pedra.

Mário de Andrade, o primeiro a comentar "No meio do caminho", *em fins de 1924, inícios de 1925, disse dele:*

No meio do caminho é formidável. É o mais forte exemplo que conheço, mais bem-frisado, mais psicológico de cansaço intelectual.

O poema só foi publicado em 1928, no terceiro número da Revista de Antropofagia. *Nessa ocasião, provocou o seguinte comentário de Alcântara Machado, enviado em carta particular ao autor:*

Mas estupenda mesmo é a pedra que está no meio do caminho. Vamos sentar nela?

A geração de 1930 ficou dividida com "a pedra do Drummond". Uns a aplaudiram com adesão entusiasta, outros a vaiaram com repulsa. Manuel Bandeira, Ciro dos Anjos, Murilo Mendes, Milton Campos elogiaram o poema da pedra. Mas a esse respeito, vejam o que disse matéria da Folha da Noite, *de 14 de maio de 1930:*

Um Poeta às Voltas com uma Pedra

Publicamos abaixo os formosíssimos versos do conhecido beletrista mineiro dr. Carlos Drummond de Andrade. Como verá o leitor, nestas linhas há uma profunda filosofia, que o vulgo não percebe, mas que os eleitos sentem e compreendem. Esta pedra é um símbolo. E uma pedra que vale ouro. O poeta foi andando e topou na pedra. Refugou. Saiu safado com a pedra. E nunca mais se esqueceu dela. A pedra vive-lhe na cabeça e nas retinas. Nessa pedra tem coisa. Aí vão os versos profundíssimos: *No meio do caminho tinha uma pedra, tinha uma pedra no meio do caminho, tinha uma pedra, no meio do caminho tinha uma pedra...*

Outra nota depreciativa saiu no Correio da Manhã de 9 de julho de 1938, assinada por Gondim da Fonseca:

Há certos poetas que põem versos às dúzias todos os dias.

O sr. Carlos Drummond é difícil. Por mais que esprema o cérebro não sai nada. Vê uma pedra no meio do caminho – coisa que todos os dias sucede a toda gente (mormente agora que as ruas da cidade inteira andam de conserto) e fica repetindo a coisa feito papagaio: tinha uma pedra no meio do caminho, no meio do caminho tinha uma pedra, tinha uma pedra! Homem! E não houve uma alma caridosa que pegasse nessa pedra e lhe esborrachasse o crânio com ela?

A partir de 1940, os ataques e elogios ao "poema da pedra" recrudesceram. Era decorrência do fato de Carlos Drummond de Andrade ocupar importante cargo público no Ministério da Educação, e do surgimento da chamada "geração de 45 ", contrária à poesia modernista. José Condé comentou a renovada repercussão do poema, no Correio da Manhã *de 31 de agosto de 1947:*

Quando alguns anos atrás o poeta

Carlos Drummond de Andrade publicou aquele poema "No meio do caminho", estava longe de imaginar que com isso provocaria um dos mais discutidos "escândalos" da vida literária. O poema foi comentado nos jornais, em casa e na rua. Outros, porém, aproveitaram a oportunidade e disseram o diabo do poeta. E até hoje, quando alguém não gosta da poesia do sr. Carlos Drummond, logo enche a boca com aquela célebre "pedra no caminho".

De 1950 para cá, o discutido poema mereceu apartes dos mais variados comentaristas:

Manuel Bandeira:

O Poeta é aquele que sabe extrair matéria lírica de qualquer acidente da vida, como o Carlos Drummond de Andrade, por exemplo, que a saca tanto de um acontecimento social como a resistência espantosa de Estalingrado quanto de uma simples pedra encontrada no caminho.

Gilberto Freire:

Há sempre pedras no meio do caminho dos artistas e dos poetas. Carlos Drummond de Andrade talvez deva a uma pedra a consolidação do seu poder poético.

Fernando Sabino:

Carlos Drummond de Andrade, depois de vinte anos de domínio do verso e de evolução poética, continua sendo para grande parte do público brasileiro apenas o autor do poema da pedra no meio do caminho.

Vinicius de Moraes:

Sou um homem do povo e com ele está meu coração, e para ele está voltada a minha poesia. Tudo o que ele sofre dói na minha carne. No meio do meu caminho topei com a pedra, com as muitas pedras do poema de Drummond.

E agora, Drummond? Qual o sentido da pedra, no final da história?

A referida pedra, vou usar de toda franqueza – não tem sentido algum, a não ser o que lhe dão as pessoas que a atacam e com ela se irritam. É uma simples, uma pobre pedra, como tantas que há por aí, nada mais. O poema (se assim se pode chamar) em que ela aparece não pretende expor nenhum fato de ordem moral, psicológica ou filosófica. Quer somente dizer o que está escrito nele, a saber, que havia uma pedra no meio do caminho, e que essa circunstância me ficou gravada na memória. Como veem, é muito pouco, é mesmo quase nada, mas é o que há.

2. MONTEIRO LOBATO: "UM PAÍS SE FAZ COM HOMENS E LIVROS"

Durante a realização da Semana de Arte Moderna, o escritor Monteiro Lobato isolou-se e foi jogar xadrez nas praias do Guarujá. Já assumira de público posições antimodernistas em 1917, no artigo "Paranoia ou mistificação", criticando a pintura "caricatural" da modernista Anita Malfatti. Era, àquela altura, o vilão do Modernismo, e Anita, sua mártir (quando, na verdade, foi Mário de Andrade quem caiu na gargalhada, na primeira vez que visitou a exposição da pintora). Para o crítico literário Wilson Martins, o abismo que se criou entre Monteiro Lobato e os modernistas resultou num dos grandes mal-entendidos da nossa história literária:

Para Wilson Martins,

autor de *História da inteligência brasileira*, um mal-entendido levou os modernistas de 1922 a escolherem Graça Aranha como padrinho da Semana de Arte Moderna, em vez de procurarem Monteiro Lobato, que seria, por todos os títulos e motivos, a começar por *Urupês*, o chefe natural do movimento, sendo no campo da ação e das ideias sociais, econômicas e políticas, o praticante mais sistemático e característico do programa modernista. Oswald de Andrade, numa passagem de *Ponta de lança* acabou admitindo que Lobato foi o "Gandhi do Modernismo".

Monteiro Lobato foi modernista na linguagem, pela maneira como combateu a literatice e escreveu para o grande público em estilo direto, simples, carregado de brasilidade tanto no conteúdo quanto na forma. Foi modernista na ideologia, pela maneira como polemizou a realidade do nosso caipira, defendeu a exploração do nosso petróleo, consagrou a Literatura Brasileira para a infância, apostou no livro nacional.

Quando o livro brasileiro ainda era publicado por editoras estrangeiras sediadas no Brasil, Monteiro Lobato criou a primeira editora genuinamente nacional: a Editora Monteiro Lobato & Cia., que estreou publicando *Saci Pererê* e lançou muitos autores novos. Mais tarde, o escritor fundou a Companhia Editora Nacional e, em 1944, a Editora Brasiliense. Pela dedicação à indústria e ao comércio do livro brasileiro (cujo mercado revolucionou com vendagens, até então, sem precedentes), tornou-se o patrono do Dia do Livro entre nós.

A Semana de Arte Moderna, enfim, nem sempre sobrepujou em mérito o passado literário que negava, nem tudo criou da estaca zero. Antes dela, à margem de seus manifestos e até discordando de suas experiências escandalosas, ninguém captou tão bem o coloquialismo do português falado no Brasil quanto o escritor taubateense, cujas histórias encantaram e formaram pelo menos quatro gerações de leitores entre 1921 e 1970. Nenhum "modernista de carteirinha" criou elenco de personagens de caráter tão vivo e brasileiro como o criador de Jeca Tatu, Tia Nastácia, Dona Benta, Emília, Visconde de Sabugosa, Rabicó, Quindim, Lúcia e Pedrinho Encerrabodes de Oliveira.

José Bento Monteiro Lobato. *As reinações de Narizinho*, São Paulo, Companhia Editora Nacional, 1931.

MONTEIRO LOBATO E A ARTE DE ESCREVER PARA A INFÂNCIA

O Sítio do Picapau Amarelo, concebido pelo autor paulista José Bento Monteiro Lobato (1882-1948), surgiu no mapa em 1921, com a publicação do livro *Reinações de Narizinho.* Esse sítio ficcional, tipicamente nosso, foi uma das criações mais originais da Literatura Brasileira no século XX. Antes de Lobato, os poucos livros para crianças que existiam entre nós, como os *Contos para a infância,* do português Guerra Junqueiro (1859-1923), ou os

Contos da carochinha, de Figueiredo Pimentel (1869-1914), reuniam lendas ambientadas na Europa, de forte caráter moralista e edificante. Por intermédio dos seus livros, esses autores pretendiam incutir bons modos na criança. Numa orientação diversa, Lobato não só criou uma galeria de personagens brasileiros originais e marcantes, como transformou o livro para a infância num objeto de prazer e libertação.

O Sítio do Picapau Amarelo, onde se desenrolam as histórias de Monteiro Lobato, é uma pequena propriedade rural brasileira, onde a matriarca Dona Benta traduz as virtudes de liberdade e tolerância do melhor humanismo ocidental. Tia Nastácia encarna nossa cultura popular de raízes africanas e nativas. O sabugo de milho, Visconde de Sabugosa, e a boneca de pano, Emília (ambos feitos pelas mãos de Nastácia), representam, o primeiro, a ciência metódica e embolorada, a segunda, o espírito sem rédeas e inovador. O casal de primos Pedrinho e Narizinho, colegiais em férias, aos cuidados da avó, simbolizam as crianças brasileiras travessas e curiosas, a quem o autor se dirige.

No Sítio de Dona Benta não há coleiras. Ali se vive em paz e sem restrições, combatendo a ignorância, a inércia, o pensamento fechado em sistemas rígidos. Estar no Sítio é viver num paraíso, sem alienação. Divertir-se, sim, tanto quanto agir para descobrir petróleo no Brasil em *O poço do Visconde;* tentar acabar com a Segunda Guerra Mundial em *A chave do tamanho;* interferir na ordem do mundo natural em *A reforma da natureza.* É também estar num Brasil típico, com sua paisagem característica, sua comida pitoresca, suas crenças e tradições, sua língua coloquial.

Se Monteiro Lobato não foi quem criou a literatura para crianças no Brasil, com certeza foi quem a nacionalizou. Tirou a literatura para a infância dos cenários estrangeiros e abstratos em que revolvia, fixando-a em nossa realidade cotidiana, sem prejudicar seu caráter de evasão. Foi o primeiro brasileiro a escrever para as crianças, sem afetação ou artificialismo, tratando seus interlocutores como seres espertos, que refletem e opinam sobre "assuntos sérios". Foi, sobretudo, quem primeiro deu à nossa juventude um universo de referências pátrias fortes o suficiente para extrapolar as páginas dos livros e ecoar nas escolas, na família, na conversa do dia a dia.

BATE-BOLA COM EMÍLIA, MARQUESA DE RABICÓ:

– Quem é Emília?

– Sou a independência ou morte.

– Seu maior sonho?

– Comandar um navio de piratas.

– Em que acredita?

– No meu miolo. Não vou em onda nenhuma, nem de inimigo nem de amigo. Cá comigo é ali na batata do cálculo.

– Palavras preferidas.

– As que inventei, como "crocotó", "cavalência" e "pantasma".

– Livro.

– Minhas Memórias, único livro de memórias que começa com seis pontos de interrogação e não pretende ser sincero.

– Passatempo predileto.

– Reformar a natureza, fazer de conta, ouvir as histórias de Dona Benta e viajar com pó de pirlimpimpim.

– Dizem que você é asneirenta...

– O que os homens chamam de asneira muitas vezes é um modo diferente de encarar as coisas.

– Dizem que não tem coração...

– É falso. Tenho, sim, um lindo coração. Só que não é de banana.

3. VOZES DIVERSAS NA POESIA MODERNA

Mais do que na prosa, a Semana de Arte Moderna representou um divisor de águas na História da Poesia Brasileira. O conceito de poema era um, antes de Mário de Andrade, Oswald de Andrade, Carlos Drummond de Andrade e Manuel Bandeira. Depois foi outro. Esses poetas desmascararam o caráter supérfluo dos cremes e enfeites com que nossa poesia vinha se maquiando, mostrando que ela não perdia nada andando de cara lavada e sem pintura. Desse modo, desbastaram o caminho que trilharam, cada qual a seu estilo, poetas da diversidade de Cecília Meireles, Jorge de Lima, Vinicius de Moraes, João Cabral de Melo Neto.

VARAL POESIA MODERNA PARA TODA OCASIÃO

Verso livre, de linguagem elevada, anseios nobres, proposições espiritualizadas:

Cecília Meireles (1901-1964) Rio de Janeiro *Viagem* 1939 *Vaga música* 1942 *Mar absoluto* 1945 *Romanceiro da Inconfidência* 1953

Eu canto porque o instante existe
e a minha vida está completa.
Não sou alegre nem triste:
sou poeta

Irmão das coisas fugidias,
não sinto gozo nem tormento.
Atravesso noites e dias
no vento

Se desmorono ou edifico,
se permaneço ou me desfaço,
— não sei, não sei. Não sei se fico
ou passo

Sei que canto. E a canção é tudo.
Tem sangue eterno a asa ritmada.
E um dia sei que estarei mudo:
— mais nada.

Verso livre regional, nordestino, de sonoridade
e sabor afro-brasileiros:
Jorge de Lima (1893-1953) Alagoas
A túnica inconsútil 1938 *Poemas negros* 1947
Invenção de Orfeu 1952

Essa negra Fulô

Ora, se deu que chegou
(isso já faz muito tempo)
no banguê dum meu avô
uma Negra bonitinha
chamada negra Fulô

Essa negra Fulô!
Essa negra Fulô!

Ó Fulô! Ó Fulô!
(Era a fala da sinhá)
– Vai forrar a minha cama,
pentear os meus cabelos,
vem ajudar a tirar
a minha roupa, Fulô!

Essa negrinha Fulô
ficou logo pra mucama,
pra vigiar a sinhá
pra engomar pro sinhô

Essa negra Fulô!
Essa negra Fulô!

... Ó Fulô? Ó Fulô?
Cadê meu lenço de rendas
Cadê meu cinto, meu broche,
cadê meu terço de ouro
que teu sinhô me mandou?
Ah! foi você que roubou!
Ah! foi você que roubou!

Jorge de Lima.

Ó Fulô! Ó Fulô!
(Era a fala da sinhá)
vem me ajudar, ó Fulô,
vem abanar o meu corpo
que eu estou suada, Fulô!

vem coçar minha coceira,
vem me catar cafuné,
vem balançar minha rede,
vem me contar uma história,
que eu estou sem sono, Fulô!

... Ó Fulô? Ó Fulô?
Cadê, cadê teu sinhô
Que Nosso Senhor me mandou?
Ah! foi você que roubou,
Foi você, negra Fulô?

Essa negra Fulô!

Marie-Guillemine Benoist. Retrato de uma negra, c. 1800.

Versos antigos para a nova amada emancipada da era Bossa Nova:

Vinicius de Moraes (1913-1980) Rio de Janeiro

Cinco elegias 1943 *Poemas, sonetos e baladas* 1946

Para viver um grande amor 1962

De tudo, ao meu amor serei atento

Antes, e com tal zelo, e sempre, e tanto
Que mesmo em face do maior encanto
Dele se encante mais meu pensamento.

Quero vivê-lo em cada vão momento
E em seu louvor hei de espalhar meu canto
E rir meu riso e derramar meu pranto
Ao seu pesar ou seu contentamento.

E assim, quando mais tarde me procure
Quem sabe a morte, angústia de quem vive
Quem sabe a solidão, fim de quem ama

Eu possa me dizer do amor (que tive):
Que não seja imortal, posto que é chama
Mas que seja infinito enquanto dure.

Selo em homenagem a Vinicius de Moraes, 1993.

Versos centrados no próprio fabrico intelectual e áspero, avesso a imagens e confortos fáceis
João Cabral de Melo Neto (1920-1999) Pernambuco
Pedra do sono 1942 *O engenheiro* 1945
O cão sem plumas 1950 *A educação pela pedra* 1966
Museu de tudo 1975

É mineral o papel

onde escrever
o verso; o verso
que é possível não fazer.

São minerais
as flores e as plantas,
as frutas, os bichos
quando em estado de palavra.

É mineral
a linha do horizonte,
nossos nomes, essas coisas
feitas de palavras.

É mineral, por fim,
qualquer livro:
que é mineral a palavra
escrita, a fria natureza

da palavra escrita.

João Cabral de Melo Neto, capa de *O cão sem plumas*, 1984, Editora Nova Fronteira, Rio de Janeiro.

4. O ROMANCE DA GERAÇÃO DE 1930 A 1950

A ascensão de Getúlio Vargas ao poder em 1930, contra os interesses da Velha República cafeeira, acendeu as esperanças da classe média urbana e do operariado incorporado a seu jogo político. O crescimento da economia citadina tornou impossível ignorar as classes dos trabalhadores e a complexidade da economia mundial. Diversas leis trabalhistas foram promulgadas nos primeiros anos do governo Vargas, regulamentando o trabalho feminino, proibindo o trabalho para menores de 14 anos. Direito trabalhista, alfabetização, voto livre, democracia, desenvolvimento industrial e outras palavras de ordem dos setores progressistas ecoaram pelo país, conscientizando o sertão agrário acerca do seu atraso, sua miséria, suas estruturas feudais. Em 1932, o Nordeste era abatido mais uma vez pela seca. Milhares de flagelados morreram de sede e fome ou migraram para as cidades litorâneas. A elite rural da zona canavieira, compelida a assistir ao fim da era do engenho de açúcar, devorado pelas usinas, bem como esvaziado pelo êxodo migratório rumo às cidades, registrou essa transformação, dando início a um novo ciclo ficcional preso ao ambiente sociogeográfico do Nordeste – a seus tipos humanos, condicionamentos climáticos, costumes históricos, problemas peculiares.

Em 1926, o pernambucano Gilberto Freire, num controvertido e longo Manifesto Regionalista, conclamava os nordestinos à defesa dos valores culturais da região.

TÍTULOS DOS CAPÍTULOS DO MANIFESTO REGIONALISTA DE GILBERTO FREIRE:

1. Regionalismo do Recife: que é?
2. Nem separatismo nem bairrismo.
3. Precisamos de uma articulação inter-regional.
4. O Nordeste e o Brasil.
5. Elogio do mocambo.
6. Apologia das velhas ruas estreitas do Nordeste.
7. Defesa de outros valores regionais.
8. Originalidade do 1º Congresso Brasileiro de Regionalismo.
9. Defesa dos valores plebeus e não apenas dos elegantes e eruditos.
10. Pela reabilitação dos valores culinários do Nordeste.
11. As três regiões culinárias principais do Brasil.
12. Dívida aos portugueses.
13. Cunhães, negras e quitutes do Nordeste.
14. Contribuição dos engenhos patriarcais para uma culinária regional.
15. Sobrados e casas nobres de cidade: sua contribuição para a culinária do Nordeste.
16. Ameaças que hoje cercam os valores culinários do Nordeste.
17. Mas nem tudo está perdido: apenas ameaçado.
18. Separando o regionalismo do simples snobismo tradicionalista.
19. Regionalismo e populismo.
20. A civilização regional do Nordeste como expressão de uma harmonia de valores.
21. Onde estão os poetas, os romancistas, os contistas? Onde estão os pintores, os fotógrafos, os compositores?

Em 1928, o romance *A bagaceira*, do paraibano José Américo de Almeida (1887-1980), pretendeu elaborar a síntese dos traços específicos do sertão canavieiro.

Orgulho regionalista e testemunho próprio de um Brasil agrário gritando por reformulação de base suscitaram o depoimento de autores da zona da seca, dos engenhos de açúcar, do cangaço, das praias, do cacau, e de outros distantes recantos rurais, impulsionando, a partir de 1930, o romance regionalista de Rachel de Queiroz, José Lins do Rego, Graciliano Ramos, Jorge Amado, Erico Veríssimo, Guimarães Rosa. Com esses autores, surgiu com vigor o romance moderno brasileiro, consciente do nosso subdesenvolvimento interiorano e da luta de classes num Brasil capitalista aspirando ao progresso industrial.

Selo em comemoração ao Dia do Livro — Homenagem a Guimarães Rosa, 1978.

Os grandes romancistas que estrearam na década de 1930 eram modernos, mas não modernistas. A veia experimentalista do Modernismo de 1922 exerceu pouca influência direta neles. Das conquistas literárias da Semana de Arte Moderna valeram-se, sobretudo, de maior liberdade no registro de coloquialismos e na denúncia de aspectos polêmicos da realidade nacional. Quanto à técnica narrativa, permaneceram nos trilhos da escola realista, preocupada com a verossimilhança, a delimitação precisa do tempo cronológico e do espaço físico da história, a revelação dos motivos íntimos por detrás das ações, a caracterização dos personagens com nome, sobrenome, traços fisionômicos e psicológicos marcantes. Houve quem enxergasse no Realismo de 1930 um "novo Naturalismo", com a diferença de que o interesse predominante agora era de natureza histórico-social e não científico.

O QUINZE — de Rachel de Queiroz, revelação do ano de 1930!

Comovedor retrato da grande seca testemunhada pela autora na infância.

Acompanhemos o drama do vaqueiro Chico Bento, desempregado e sem meios de alimentar a família. O desvelo de Conceição, moça culta da capital, para com a sofrida gente do Quixadá, que a calamidade meteorológica de vários meses sem chuva penaliza com fome trágica:

Mãezinha, cadê a janta?

— Cala a boca, menino! Já vem!

Vem lá o quê!...

Vem um pedaço de rapadura que Chico Bento conseguiu trocar na venda pela rede dele.

Nesse quadro de aridez e miséria será que o amor entre Conceição e Vicente tem condição de brotar?

— Eh! a lua limpa, sem lagoa! Chove não!...

Rezar novena adianta? Organizar procissão para pedir chuva?

— Mãe, tou com fome de novo...

— Vai dormir, dianho! Parece que tá espritado! Soca um quarto de rapadura no bucho e ainda fala em fome!

Como é que um bichinho magro desses, de ventre tão grande, se sustém numas pernas tão finas?

– Só Deus Nosso Senhor sabe...

Rachel de Queiroz em sua residência, em Fortaleza, Ceará, 16 de agosto de 1998.

MENINO DE ENGENHO — de José Lins do Rego. Estreia, em 1932, o memorialista da cana-de-açúcar!

Aos quatro anos o menino Carlos viu a mãe estendida no chão, assassinada pelo pai, caído nela como um louco. Momentos depois, o pequeno era transplantado para o engenho do avô, onde seria criado na espontânea igualdade da infância com os moleques da bagaceira, até ser mandado, aos 12 anos, para o colégio interno da cidade.

O cenário da infância é o engenho Santa Rosa, do velho coronel Zé Paulino, avô do narrador Carlos de Melo, que fará da memória a inspiração dos seus romances.

O velho José Paulino tinha este gosto: o de perder a vista nos seus domínios.Gostava de descansar os olhos em horizontes que fossem seus. Tudo o que tinha era para comprar terras e mais terras. Herdara o Santa Rosa pequeno, e fizera dele um reino, rompendo os seus limites pela compra de propriedades anexas.

Tinha para mais de quatro mil almas sob a sua proteção. Senhor feudal ele foi, mas os seus párias não traziam a servidão como um ultraje. O Santa Fé, porém, resistira a essa sua fome de latifúndios. Coitado do Santa Fé! Já o conheci de fogo morto. Uma desolação de fim de vida, de ruína, que dá à paisagem rural uma melancolia de cemitério abandonado.

Com a decadência do engenho de açúcar desmorona um mundo iniciado com a descoberta do Brasil!

Não percam, de José Lins do Rego, os livros que dão sequência ao relato desse declínio. Em *Doidinho* (1933) e *Banguê* (1934) Carlos de Melo cresce, sofre e fracassa. Seu companheiro de infância, o *Moleque Ricardo* (1935), vai viver fora do Santa Rosa e não tem melhor sorte. Sobrevém a superação do engenho Santa Rosa pela *Usina* (1936) e seu fim em *Fogo morto* (1943).

VIDAS SECAS – de Graciliano Ramos. Em 1938, já sem tempo, a verdade nua e crua sobre a seca!

O vaqueiro Fabiano, sua mulher Vitória, os dois filhos e a cadela Baleia no período da seca largam a fazenda onde estavam e partem em busca de paragens que lhes ofereçam condições de sobrevivência. A serviço de outra propriedade, Fabiano desempenha funções de vaqueiro até o momento em que as aves de arribação despontam, anunciando nova estiagem. É necessário fugir da carestia antes que seja tarde demais. É necessário migrar para o sul, para a cidade.

A trajetória dos retirantes é narrada num estilo seco e ríspido que traduz a ecologia do agreste retratado. Cada capítulo é uma unidade autônoma que apresenta a paisagem palmilhada e os problemas do percurso, a partir do ponto de vista alternado de cada membro da família, o de Baleia inclusive.

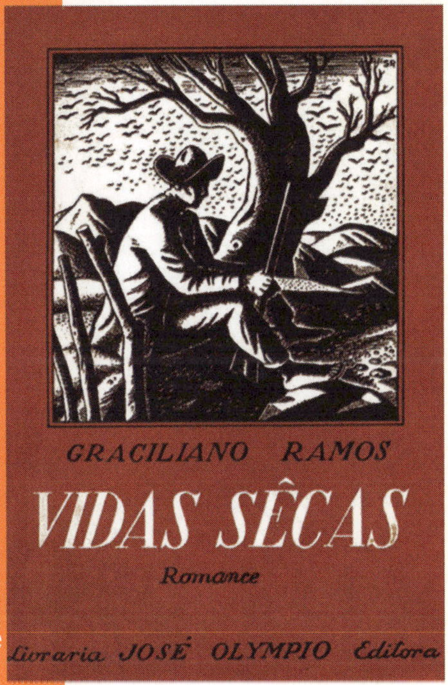

Graciliano Ramos. *Vidas Secas*, Livraria José Olympio Editora, 1938, Rio de Janeiro.

Nisso percebe-se o grau de animalização a que o grupo de retirantes está reduzido. O próprio Fabiano vive ruminando sozinho:

Você é um bicho, Fabiano. Um bicho, Fabiano.

Os retirantes humanos são como a cadela e o sertão árido: pobres de expressão, de sonhos, de ideias. Graciliano Ramos mostra que o agreste seco gera "vidas secas". Porém, mais do que isso: mostra como o drama do retirante nordestino não deriva apenas da rudeza ecológica descrita nos romances *A bagaceira* ou *O quinze*, por exemplo. Deriva, sobretudo, da organização agrária em que o sertanejo está inserido. Seu drama maior é ser um sem-terra que trabalha desde os oito, nove anos, sem instrução básica, nem direitos de cidadania. Açude vazio, açude cheio, o latifúndio nordestino suga, esgota, expulsa, exaure o peão rural tanto ou mais que o meio adverso.

Confiram a adaptação cinematográfica de *Vidas secas*, realizada por Nelson Pereira dos Santos, em 1963.

TERRAS DO SEM-FIM — de Jorge Amado. O regionalismo do cacau baiano estoura nas livrarias em 1942!

A ação se passa na região de Ilhéus, sul da Bahia, no começo do século passado, quando ferveu a luta pela posse de alqueires baldios de terra escura boa para o plantio do cacau. Polarizam a disputa entre fazendeiros "coronéis" os chefes de clã Juca Badaró e Horácio Silveira, no comando de jagunços, lavradores, advogados, compadres, prostitutas e demais personagens que no primitivo "sem-fim" baiano obedecem às palavras: *terras, dinheiro, cacau,* e *morte.*

No tempo bravo em que os acontecimentos de *Terras do sem-fim* se desenrolam, vigora a lei do caxixe:

— Já ouviram falar em caxixe?

— Diz que é um negócio de doutor que toma a terra dos outros...

— Vem um advogado com um coronel, faz caxixe, a gente nem sabe onde vai parar os pés de cacau que a gente plantou.

— O coronel Horácio fez um caxixe mais dr. Rui, tomaram a roça que nós havia plantado...

O povoado de Ferradas (hoje Itabuna) era feudo de Horácio. Estava encravado entre as fazendas dele.

Muitos anos depois, quando alguém atravessava esse povoado de Ferradas em companhia de um velho que conhecia as histórias da terra do cacau, era quase certo o velho comentar, apontando as casas da rua cuja lama desaparecera sob o calçamento de pedras:

— Isso aqui já foi coito dos piores bandidos dessa terra. Muito sangue já correu em Ferradas. No começo do cacau...

Com o sucesso de *Terras do sem-fim,* editado em alemão, búlgaro, chinês, dinamarquês, eslovaco, esloveno, espanhol, francês, grego, hebraico, holandês, húngaro, iídiche, inglês, italiano, persa, polonês, romeno, russo, servo-croata, sueco, tcheco e turco, Jorge Amado tornou-se dos poucos escritores brasileiros a viver da venda dos seus livros. O romance do cacau foi também adaptado para o cinema, o teatro, o rádio, a televisão, e ganhou músicas de Dorival Caymmi.

O TEMPO E O VENTO — de Erico Veríssimo. Inaugurada, em 1949, a epopeia do pampa sulino!

A saga das famílias Terra e Cambará, muitas vezes unidas pelo casamento, começa em 1745, com a formação do Rio Grande do Sul, e termina em 1945, com o final da Segunda Guerra Mundial, abrangendo, portanto, duzentos anos. O tomo I, *O continente* (de 1949), cobre o período em que a matriarca Ana Terra integra caravana pioneira para fundar a vila de Santa Fé, e vai até 1895, com as lutas do início da República.

Muitos anos mais tarde, Ana Terra costumava sentar-se na frente de sua casa para pensar no passado. E no seu pensamento como que ouvia o vento de outros tempos e sentia o tempo passar, escutava vozes, via caras e lembrava-se de coisas...

Toda gente tinha achado estranha a maneira como o capitão Rodrigo Cambará entrara na vida de Santa Fé. Um dia chegou a cavalo, vindo ninguém sabia de onde, com o chapéu barbicacho puxado para a nuca, a bela cabeça de macho altivamente erguida e aquele seu olhar de gavião, que irritava e ao mesmo tempo fascinava as pessoas... Entrou arrastando as esporas, batendo na coxa direita com o rebenque, e foi logo gritando, assim com ar de velho conhecido:

— Buenas e me espalho! Nos pequenos dou de prancha e nos grandes dou de talho!

Selo em comemoração ao Dia do Livro – Homenagem a Erico Verissimo, 1980.

O segundo tomo da trilogia, intitulado *O retrato* (1951), cerca a atuação do médico descendente de Terras e Cambarás, dr. Rodrigo, no período de 1909 e 1914. *O arquipélago,* terceiro e último tomo (1961), focaliza o filho desse médico, Floriano, que é romancista e, em 1945, resolve escrever um romance baseado na história dos seus ancestrais. As primeiras linhas do romance de Floriano são as mesmas que fecham a trilogia *O tempo e o vento* de Erico Veríssimo:

Era uma noite fria de lua cheia. As estrelas cintilavam sobre a cidade de Santa Fé, que de tão quieta e deserta parecia um cemitério abandonado.

"Povo quando fala fantaseia", ensina o narrador de *Grande Sertão: veredas,* para quem "muita coisa importante falta nome". Criador de linguagem, engata ele fio de prosa de inventiva sem igual em nossas letras.

GRANDE SERTÃO: VEREDAS — de Guimarães Rosa. Oferta de 1956: a fala ao vivo do caboclo-sertanejo!

Grande sertão: veredas é um longo monólogo pelo qual o velho jagunço Riobaldo conta a vida que levou "cachorrando" por "onde os pastos carecem de fechos" a um jovem doutor que lhe visita a fazenda e presta ouvidos. O douto ouvinte não emite palavra. Sabemos dele pelo registro que Riobaldo faz de suas eventuais risadas e expressões de espanto. Riobaldo é falador obstinado em rememorar seu passado aventuroso e a estranha paixão que sentiu pelo companheiro Diadorim — paixão que reprimiu até Diadorim morrer e se descobrir que era mulher vestida de homem. Depois da morte de Diadorim, Riobaldo abandona a jagunçagem, casa-se com Otacília, e vai viver na fazenda onde está a parolar com o visitante:

Estou contando ao senhor, que carece de um explicado.

Pensar mal é fácil, porque esta vida é embrejada. A gente vive, eu acho, é mesmo para se desiludir e desmisturar. A sem-vergonhice reina, tão leve e leve pertencidamente, que por primeiro não se crê no sincero sem maldade. Está certo, sei. Mas ponho minha fiança: homem muito homem que fui, e homem por mulheres! Então — o senhor me perguntará — o que era aquilo?

Riobaldo admite que gostava de Diadorim. Cada dia que passava, gostava mais.

Diga o senhor, como um feitiço? Isso. Feito coisa-feita. Era ele estar perto de mim, e nada me faltava. Era ele fechar a cara e estar tristonho, e eu perdia meu sossego. Era ele estar por longe e eu só nele pensava.

Riobaldo, ele mesmo, não entendia o que era aquilo. Nem queria.

E eu mesmo entender não queria. Acho que aquela meiguice, desigual que ele sabia esconder o mais de sempre. E em mim a vontade de chegar todo próximo, quase uma ânsia de sentir o cheiro do corpo dele, dos braços, que às vezes adivinhei insensatamente...

5. CONCRETISMO E INTIMISMO: QUESTIONAMENTOS DA LINGUAGEM NA CIDADE MODERNA

Em meados do século XX, o sertão brasileiro era sem dúvida, como dizia Riobaldo, um lugar "onde um pode torar dez, quinze léguas, sem topar com casa de morador; e onde o criminoso vive seu cristo-jesus, arredado do arrocho de autoridade". Era um sertão que parecia estar em toda parte... Mas não estava, vieram lembrar os moradores dos espigões de concreto que já então arranhavam o céu, colados um no outro, em metrópoles frenéticas como o Rio de Janeiro e São Paulo.

No cenário da selva de pedra, pululante de anúncios luminosos e cartazes, as palavras escritas pareceram de repente adquirir substância de objetos concretos, cimentados na matéria. Como reação a esse fenômeno, surgiram, de um lado, criadores literários que almejaram traduzir a reificação do signo linguístico pela concretização da arte verbal, e de outro, escritores que se puseram a expelir, como bílis pastosa, a náusea causada pelo choque da interioridade humana com a dureza dos objetos inanimados, dos produtos tecnológicos, do movimento em profusão de corpos e fatos no torvelinho dinâmico da civilização pós-moderna. Nesse contexto, despontaram a poesia do Concretismo e a prosa filosófica de Clarice Lispector.

A POESIA CONCRETA

Em 1952, os poetas paulistas Décio Pignatari, Haroldo de Campos e Augusto de Campos (os dois últimos, irmãos), fundaram o grupo Noigandres, de reafirmação da livre experimentação artística, na linha do Modernismo radical de 1922 e das vanguardas europeias de finais do século XIX, inícios do XX. O grupo opunha-se à noção tradicional do verso (ainda prezada pelos "sonetistas" da "geração de 45"), acalentando o projeto de revitalizar a linguagem poética com recursos das artes gráficas e das novas técnicas de comunicação.

Haroldo e Augusto de Campos, 1983.

A poesia concreta foi lançada oficialmente em 1956, com a Exposição Nacional de Arte Concreta, realizada no Museu de Arte Moderna de São Paulo, quando se declarou que o verso tradicional já havia cumprido seu ciclo histórico, devendo ser sucedido pelo poema-objeto, composição centrada na exploração do potencial "verbivocovisual" (simultaneamente verbal, vocal e visual) do vocábulo.

A apreciação pelos olhos é tão essencial à poesia concreta que esta se perde declamada em voz alta, como podemos declamar, sem prejuízo de conteúdo e forma, poemas como a "Canção do exílio", de Gonçalves Dias, "Vozes d'África", de Castro Alves, ou o "Soneto de fidelidade", de Vinicius de Moraes, por exemplo. É o que se vê no poema-objeto "Lixo", de Augusto de Campos, o qual, removido da apresentação gráfica, deixa de ter significado:

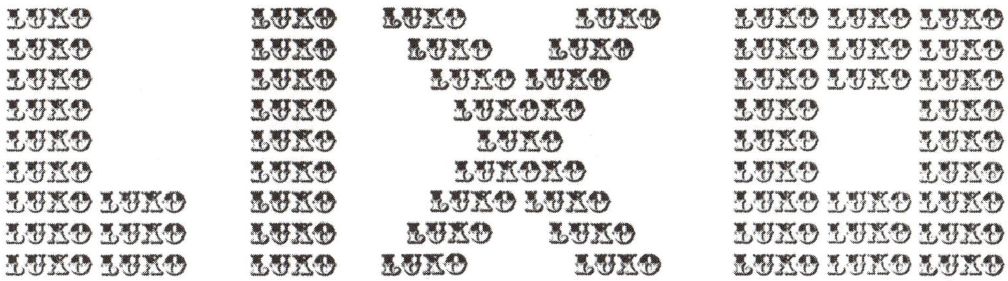

Em "Pluvial/fluvial", de Augusto de Campos, a palavra expande sua densidade informativa tornando-se visualmente ativa:

p
p l
p l u
p l u v
p l u v i
p l u v i a
f l u v i a l
f l u v i a l
f l u v i a l
f l u v i a l
f l u v i a l
f l u v i a l

É interessante confrontar o Concretismo com o poema de Affonso Romano de Sant'Anna "Golpe literário" (1999):

Três poetas tropicais
revertendo o continente
com conteúdos formais
deram um golpe na poesia
e o alardearam nos jornais.

A seguir baniram o verso
dos poemas nacionais
exilaram a poesia
nas traduções abissais
e reescreveram a história literária
com ares imperiais.

Esta história local
com conteúdos morais,
mostra que no Terceiro Mundo
até poetas tratam a poesia
imitando generais.

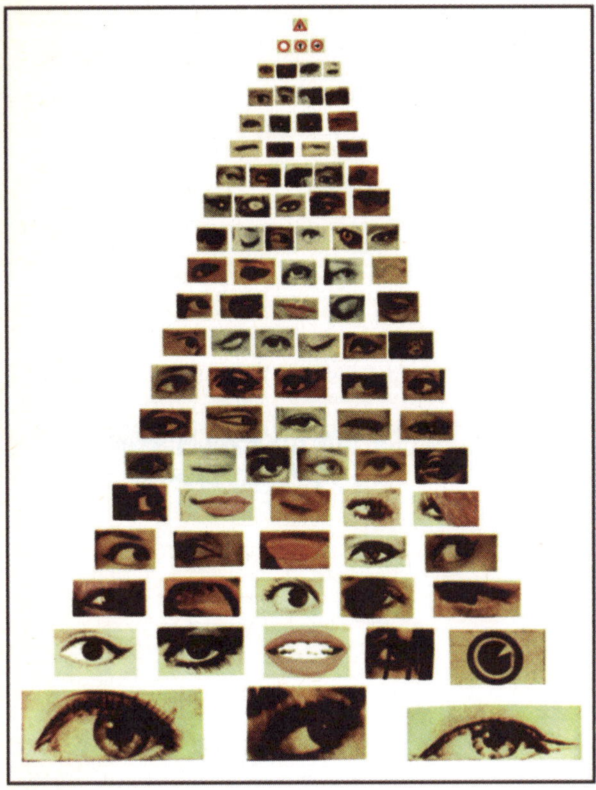

Os poemas concretos não desenvolvem determinado assunto com frases completas "lógico-discursivas"; antes, o sintetizam ao máximo, num signo, ou grupo de signos, de caráter verbo-acústico-visual. O poeta desaparece da obra para que esta reifique apenas sua percepção do tema.

A proposta "Olho por olho" de Augusto de Campos expulsa a palavra e usa a fotografia como código textual.

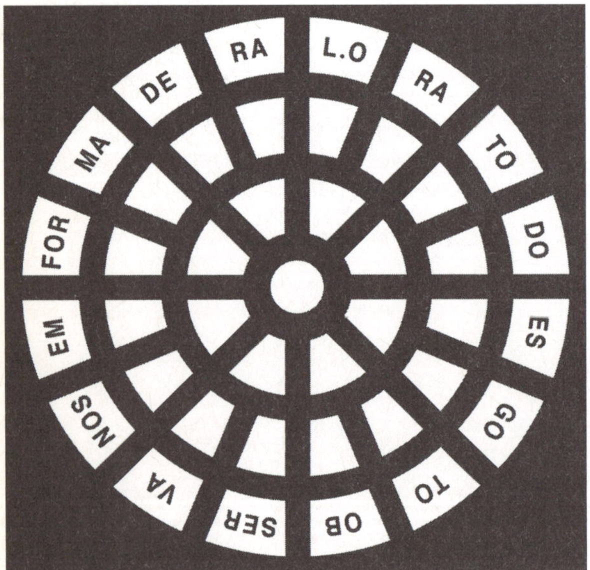

Poema "Ralo rato", de Gastão Debreix.

Marco da experimentação poética, em 1954, é o livro *A luta corporal,* de Ferreira Gullar. O poeta ligou-se ao movimento concretista, com o qual logo rompeu, para fundar no Rio de Janeiro o grupo neoconcretista, de vida breve. A partir de 1960, Ferreira Gullar abandona as vanguardas, em favor de uma poesia solidária com os problemas sociais do país, vindo a dizer:

A arte, ao tentar incessantemente novas linguagens a partir do nada, rejeitando o passado, envereda por uma trilha suicida, pretensiosa e destinada ao fracasso.

plano piloto para a poesia concreta

poesia concreta: produto de uma evolução crítica de formas,
dando por encerrado o ciclo histórico do verso (unidade
rítmico-formal), a poesia concreta começa por tomar
conhecimento do espaço gráfico como agente estrutural, espaço
qualificado: estrutura espácio-temporal, em vez de
desenvolvimento meramente temporístico-linear.
poesia concreta: tensão de palavras-coisas no espaço-tempo.
estrutura dinâmica: multiplicidade de movimentos concomitantes.

poesia concreta: uma responsabilidade integral perante a
linguagem, realismo total, contra uma poesia de expressão,
subjetiva e hedonística. criar problemas exatos e resolvê-los em
termos de linguagem sensível, uma arte geral da palavra,
o poema-produto: objeto útil.

augusto de campos
décio pignatari
haroldo de campos

Noigandres 4, 1958

Na verdade, o modo de produção do poema-objeto concretista — muitos deles em forma de tiras, ou cartazes, encartes, cartões — dificultou sua reprodução em larga escala e nas condições padronizadas de coleções. Com tiragens caras, os poemas concretistas foram em geral financiados pelos próprios poetas e distribuídos a pequeno número de leitores e seguidores. Ainda assim, o Concretismo impressionou os meios intelectuais pós-modernos com suas formulações teóricas, a ponto de não haver poeta brasileiro, nos últimos cinquenta anos, que não tenha sido forçado, em algum momento, a se definir com relação ao poema-objeto.

Confessou Manuel Bandeira:

A poesia concreta pode ser que seja uma maluqueira e até que não seja poesia. Mas que está despertando interesse, está. Vivo assediado de perguntas "em forma de cavalo--marinho", velhos, moços e moças que me pedem que defina o que seja a poesia concreta. O diabo é que ainda não descobri o endereço do Ferreira Gullar para encaminhar toda essa gente para ele. Ora, bem, declaro em público e raso que não sei o que é um poema concreto.

Clarice Lispector.

CLARICE LISPECTOR

Outra experiência-limite que levou ao extremo o questionamento das possibilidades da palavra e do propósito de escrever foi realizada pela escritora Clarice Lispector, que nasceu na Ucrânia em 1920 e, com dois meses, chegou ao Brasil, para se tornar mais tarde a figura de proa da vertente intimista de nossa prosa moderna. A vertente intimista? A que relega a realidade externa ao plano secundário para devassar os estados interiores da pessoa:

Não tem pessoas que cosem para fora? Eu coso para dentro.

Clarice Lispector foi brasileira naturalizada, quando por questão de meses poderia ter sido brasileira nata. Criou-se em Recife. Com sete anos, mandava histórias para a seção infantil de um jornal pernambucano. Nenhuma foi aceita, o que não a desmotivou de escrever:

Enquanto eu tiver perguntas e não houver resposta, continuarei a escrever.

Jovem estudante de Direito, Clarice escreveu seu primeiro romance, *Perto do coração selvagem,* publicado no Rio de Janeiro, em 1944. Casou-se depois com um diplomata e ausentou-se do país longos anos, o que tampouco a fez desistir da carreira literária. Desenvolveu sua obra sem concessões ao gosto banal, nos livros de contos: *Laços de família* (1960), *Uma aprendizagem ou o livro dos prazeres* (1969); e nos romances: O *lustre* (1946), *A maçã no escuro* (1961), *A paixão segundo G. H.* (1964), *A hora da estrela* (1977), este, saído no ano em que faleceu.

Clarice Lispector concentrou suas ambições de escritora na busca de uma linguagem apta a traduzir seu mergulho visceral na vida introspectiva. Para tanto, serviu-se à larga de procedimentos narrativos como o monólogo interior e o fluxo de consciência, em detrimento da construção do enredo e da caracterização de ambientes e personagens. Seus personagens, quer se chamem G. H. ou Macabeia, são sobretudo pretextos para as indagações existenciais de cunho filosófico que formam a teia original de sua narração.

A prioridade dada ao mergulho de cabeça na dimensão existencial do psiquismo íntimo dispensa a autora de querer conquistar trivialmente o leitor. Ler *A paixão segundo G. H.* é ter de enfrentar com a autora o desafio repugnante de comer uma barata. Ler *A hora da estrela* é ver o título desdobrado numa lista de equivalentes desconcertantes:

A Hora
da Estrela

A CULPA É MINHA
OU
A HORA DA ESTRELA
OU
ELA QUE SE ARRANJE
OU
O DIREITO AO GRITO
OU
QUANTO AO FUTURO
OU
LAMENTO DE UM BLUE
OU
ELA NÃO SABE GRITAR
OU
UMA SENSAÇÃO DE PERDA
OU
ASSOVIO NO VENTO ESCURO
OU
EU NÃO POSSO FAZER NADA
OU
REGISTRO DOS FATOS ANTECEDENTES
OU
HISTÓRIA LACRIMOGÊNICA DE CORDEL
OU
SAÍDA DISCRETA PELA PORTA DOS FUNDOS

Embora sem vínculos diretos com o Concretismo, a prosa de Clarice Lispector compartilha com esse movimento pós-moderno alguns aspectos importantes:

O autor escreve, teorizando sobre o ato de escrever:

Juro que este livro é feito sem palavras. Este livro é um silêncio.

A palavra tem que se parecer com a palavra.

O indizível só me poderá ser dado através do fracasso de minha linguagem.

Trata a escrita como coisa:

A minha intimidade? Ela é a máquina de escrever.

Sinto um gosto bom na boca quando penso.

E se tenho aqui que usar-te palavras, elas têm que fazer um sentido quase que só corpóreo.

Tomo cuidado em não pensar demais. Faz mal às palavras.

Dinamiza o espaço branco da página:

Que ao menos não se esmagou com palavras as entrelinhas.

Mas o vazio tem o valor e a semelhança do pleno.

Exprime pela escrita a falência da arte de escrever:

A minha vida a mais verdadeira

é irreconhecível, extremamente interior e não tem uma palavra que a signifique.

Eu medito sem palavras e sobre o nada. O que me atrapalha a vida é escrever.

Apaixonei-me subitamente por fatos sem literatura.

Quanto a escrever, mais vale um cachorro vivo.

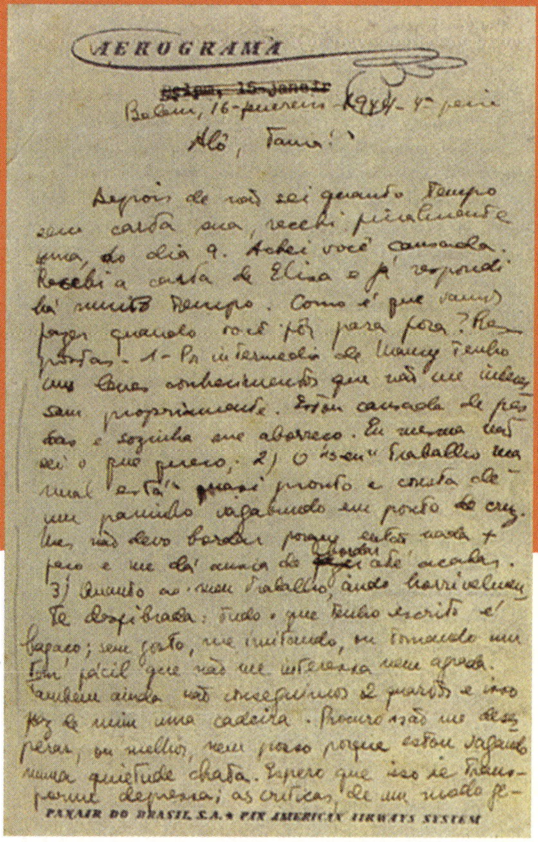

AEROGRAMA

Belém, 16-fevereiro 1944

Alô, Tania!

PANAIR DO BRASIL S.A. • PAN AMERICAN AIRWAYS SYSTEM

Manuscrito de Clarice Lispector. Carta à irmã Tânia, Belém, 16 de fevereiro de 1944.

6. UM CAPÍTULO À PARTE: AS BRASILEIRAS E A CONQUISTA DA ESCRITA

Um olhar de conjunto sobre a História da Literatura Brasileira mostra que durante três séculos e meio as brasileiras viveram à margem dos acontecimentos, apesar de contribuírem para a edificação do país. O mesmo olhar abrangente mostra que nos últimos cento e cinquenta anos as mulheres no Brasil aprenderam a ler, tornaram-se leitoras assíduas, começaram a escrever, a publicar livros, a ser respeitadas por suas obras, a ingressar na Academia Brasileira de Letras, com Rachel de Queiroz, a presidir esta entidade, com Nélida Pinon. Hoje, além das citadas autoras, chegaram à Academia Brasileira de Letras as escritoras Dinah Silveira de Queiroz, Lygia Fagundes Telles, Zélia Gattai e Ana Maria Machado. Mas a conquista da brasileira por um lugar de expressão na literatura do país é o coroamento de longo e árduo percurso, que merece ser lembrado.

Até o século XVIII, quando o ouro conferiu certo fausto às Minas Gerais, as brasileiras permaneceram excluídas de função política, tanto nas câmaras municipais quanto na administração eclesiástica e na burocracia em geral. Com os homens, dividiam tarefas no ramo da panificação, da tecelagem, da alfaiataria, e os únicos ofícios em que lhes cabia primazia eram os de costureiras, doceiras, fiandeiras e rendeiras. Uma ou outra brasileira livre conseguia habilitação para o exercício legal da função de porteira. As escravas podiam ser "negras de tabuleiro" no comércio ambulante do fumo, bebida e comestíveis, ou no tocante à lavagem do ouro-negras que carregavam gamelas com o cascalho extraído das minas, como os quadros de Rugendas e de Debret ilustram.

Jean-Baptiste Debret. *Vendedoras de frutas*, Século XIX.

As mulheres que se tornavam curandeiras ganhavam fama de feiticeiras. Nem mesmo freiras podiam ser! Até 1677, quando surge o primeiro mosteiro de mulheres em Salvador, era proibido ser freira no Brasil. De modo que, até então, brancas, negras, índias, mamelucas não tiveram sequer a opção de entrar para o convento como alternativa a não poder casar com o homem da escolha delas. "Escolher um marido", condição que o Romantismo celebrará como imprescindível à felicidade, será no Brasil perspectiva mais literária do que real até 1890, quando a idade mínima de casar, para as mulheres, sobe de 12 para 14 anos — para 16 anos, só em 1916!

Num contexto político e social adverso, a criação literária feminina despontou com extremo recato, para não dizer que com mais boatos do que fatos. Se é verdade que o primeiro romance publicado por brasileiro nato foi escrito por uma mulher – Teresa Margarida da Silva Orta, autora de *Aventuras de Diófanes* (1752) –, também é verdade que Teresa Margarida embarcou para Portugal aos 5 anos de idade e lá produziu sua obra.

Após a Independência, a necessidade de afastar o país do rude passado colonial e colocá-lo nos trilhos dos valores apregoados pela Revolução Francesa redundou no estabelecimento do ensino das primeiras letras para ambos os sexos. Com isso, um número maior de mulheres se alfabetizou, e o passo foi curto para que elas se tornassem importante segmento de leitoras com voz na imprensa.

No período monárquico, de 1822 a 1889, apareceram os primeiros jornais literários femininos, como o *Jornal das Senhoras,* de Violante Bivar, que, além de modas e amenidades, veiculava notas sobre arte e literatura.

Dirigidos por mãos femininas foram: *O Lírio* (de Amélia Beviláqua, a primeira mulher que se candidatou à Academia Brasileira de Letras, não tendo sido eleita); *Miosótis* (São Paulo); *Pétalas* (Florianópolis); *Violeta* (Cuiabá); *O belo sexo de 1862* e o *Jornal das famílias,* de 1863; *Eco das damas e A mulher,* ambos de 1879; *O quinze de novembro feminino,* de 1889. Tais jornais eram populares entre as mulheres. Alguns pertenciam a senhoras da classe média que investiam neles seus recursos e trabalho. Nos jornais femininos encontramos ensaios literários escritos

Jornal das Moças,
2 de maio de 1917.

por mulheres, como os de Josefina Álvares de Azevedo, responsável pela seção literária de *A família,* no ano da Abolição da Escravatura, 1888. Josefina foi também autora de uma peça em um ato, levada ao palco em 1893, intitulada *O voto feminino,* aspiração a que as mulheres só conquistaram no século XX.

Sala de aula do século XIX.

Com a instituição do ensino público para ambos os sexos, surgiu também uma nova profissão para a brasileira exercer: a de ensinar. Isso explica que tenham sido professoras as primeiras brasileiras que assumiram de público a arte de escrever no período monárquico, e cujas biografias falam por si da perseverança e coragem com que o fizeram.

Nísia Floresta — *Em 1823, aos 13 anos de idade, a menina Dionísia é "senhora casada", em Papari, Rio Grande do Norte. Um ano depois, a jovem larga o marido e é repudiada por toda a família, com exceção da mãe. Em 1828, com o assassinato do pai, Dionísia tem de sustentar a mãe e três irmãos, dando aulas num colégio. Em 1832, publica* Direitos das mulheres e injustiça dos homens *(tradução do livro da feminista inglesa Mary Wollstonecraft, de 1792). Casa-se, em segundas núpcias, com o advogado Augusto Faria Rocha. Em busca de melhores ares, o casal se muda para Porto Alegre em 1838. Nesse mesmo ano, Dionísia fica viúva e parte com os filhos para o Rio de janeiro, onde funda o Colégio Augusto. Republicana e abolicionista, colabora em jornais cariocas, mas suas ideias geram polêmicas.* O Opúsculo humanitário *que publica em 1853, clamando pela educação das mulheres, leva um crítico a perguntar: "O que pretende essa mulher metida a homem?". Nessa época, Dionísia adota o pseudônimo de Nísia Floresta Brasileira Augusta. Por fim, sentindo-se incompreendida na capital do Império, viaja para a Europa, onde é reconhecida por figuras de renome como Alexandre Herculano e Augusto Comte, vindo a falecer na França em 1885, aos 75 anos.*

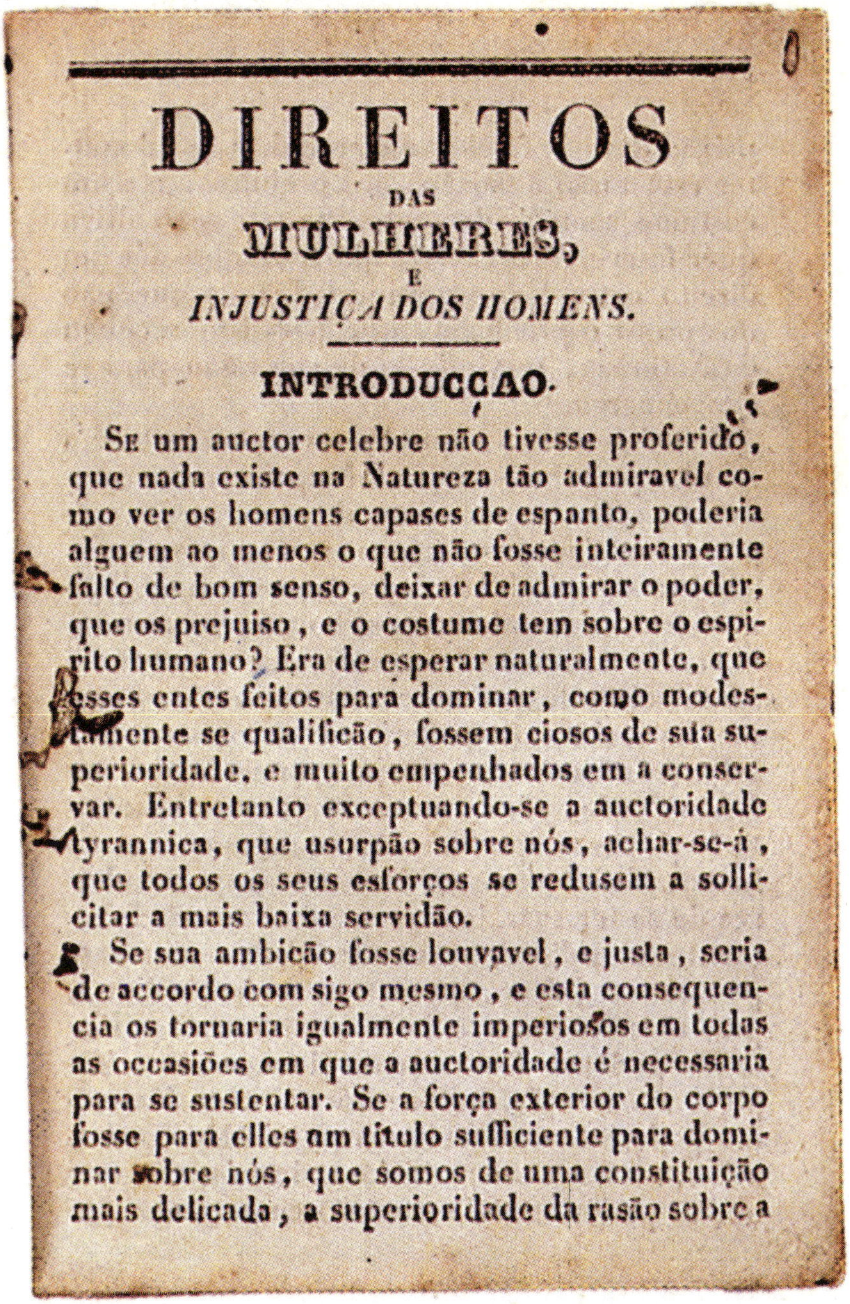

DIREITOS

DAS

MULHERES,

E

INJUSTIÇA DOS HOMENS.

INTRODUCÇAO.

Se um auctor celebre não tivesse proferido, que nada existe na Natureza tão admiravel como ver os homens capases de espanto, poderia alguem ao menos o que não fosse inteiramente falto de bom senso, deixar de admirar o poder, que os prejuiso, e o costume tem sobre o espirito humano? Era de esperar naturalmente, que esses entes feitos para dominar, como modestamente se qualificão, fossem ciosos de sua superioridade, e muito empenhados em a conservar. Entretanto exceptuando-se a auctoridade tyrannica, que usurpão sobre nós, achar-se-á, que todos os seus esforços se redusem a sollicitar a mais baixa servidão.

Se sua ambicão fosse louvavel, e justa, seria de accordo com sigo mesmo, e esta consequencia os tornaria igualmente imperiosos em todas as occasiões em que a auctoridade é necessaria para se sustentar. Se a força exterior do corpo fosse para elles um titulo sufficiente para dominar sobre nós, que somos de uma constituição mais delicada, a superioridade da rasão sobre a

Nísia Floresta Brasileira Augusta. *Direitos das mulheres e injustiça dos homens*. Porto Alegre, Tipografia V.F. de Andrade, 1833.

Maria Firmina dos Reis — *Em 1825, nasce a filha ilegítima de senhor branco com negra, Maria Firmina dos Reis, em São Luís do Maranhão. Aos 22 anos, ganha a vida como professora, única aprovada em concurso estadual de 1847 para ministrar instrução primária em Vila dos Guimarães. São Luís era então cidade culturalmente dominada por latinistas e helenistas de valor, mas a situação do ensino era precária, como em todo o Império. Em 1857, no universo de alunos cursando o primário na rede pública e particular, havia*

1.849 meninos e apenas 347 meninas. O segundo grau não englobava mais do que um total de duzentos alunos. As oportunidades de estudo avançado para as moças eram mínimas. Apesar dessas dificuldades, em 1859, os jornais de São Luís anunciaram, ao custo de 2 mil réis, o "romance original brasileiro" Úrsula, *em que a autora se escondia sob o nome de "uma maranhense", e dizia no prefácio:*

Sei que pouco vale este romance, porque escrito por uma mulher, e mulher brasileira, de educação acanhada sem o trato e a conservação dos homens ilustrados.

A maranhense era Maria Firmina dos Reis, conhecida em Vila dos Guimarães como Mestra Régia, ou professora formada. Participou da vida intelectual maranhense, colaborando na imprensa local, publicando livros, integrando antologias. Seu romance Úrsula, *hoje considerado o primeiro de autora brasileira editado no Brasil, dá à questão do escravo um tratamento precoce em termos de história social brasileira. Maria Firmina dos Reis morreu cega e pobre aos 92 anos, na casa de uma ex-escrava, mãe de um dos seus filhos de criação.*

Francisca Júlia — *Educadora, autora de obras didáticas e poeta de estilo parnasiano, Francisca Júlia, nascida na atual Eldorado, São Paulo, desfrutou em seu tempo de renome e consagração crítica. Ainda assim, ao prefaciar o livro Mármores, que a poeta lançou em 1895, o grande jornalista e crítico literário joão Ribeiro foi levado a inquirir se era verdadeiramente de mulher seu coração enérgico e possante!*

Até a Proclamação da República, as poucas mulheres que ousavam desafiar o preconceito social e publicar seus textos constituíam minoria (o ensino superior era vedado às mulheres, e a mulher casada não podia publicar livros sem autorização do marido). Escritora bem-aceita, só que escrevia diários íntimos no quarto, sem a pretensão de exibi-los à sociedade. É quando a moda dos salões veio atenuar a rigidez desse quadro, alargando o horizonte social e cultural da mulher. Meio-termo entre espaço privado e público, o salão foi a oportunidade que muitas brasileiras tiveram para desenvolver formas interessantes de expressão artística, como cantar, tocar piano, discutir temas atuais, declamar poesias. Desde o início da República, até a era Vargas, muitos salões prosperaram no Brasil e serviram de estímulo à emancipação cultural da mulher brasileira.

Baile no século XIX.

Nas primeiras décadas do século XX destacou-se a poesia amorosa de Gilka Machado e a narrativa competente de Júlia Lopes de Almeida.

Júlia Lopes de Almeida — *Nascida no Rio de Janeiro em 1862, Júlia Lopes de Almeida foi membro do corpo de redatores do jornal* A Semana, *com Olavo Bilac, Artur Azevedo e seu marido Filinto de Almeida. Na virada do século XIX para o XX, talvez tenha sido a única escritora brasileira a ganhar dinheiro com seus romances, entre os quais constam:* Memórias de Marta *(1885),* A família Medeiros *(1889), publicado logo após a Abolição e sucesso de público,* A viúva Simões *(1897),* Cruel amor *(1911),* Correio da roça *(1913),* Histórias de nossa terra *(1922), este, relato de viagens que conheceu 22 edições. Contrapondo-se* *às frágeis heroínas de M. Delly, que se lia à época, as heroínas de Júlia Lopes de Almeida são fortes, autossuficientes, capazes de se reeducarem nas dificuldades, a fim de viver vida aprazível. A solidariedade entre mulheres como fator de soerguimento de um Brasil justo, centrado na pequena propriedade, é tema recorrente em sua obra. Júlia Lopes de Almeida participou das reuniões constitutivas da Academia Brasileira de Letras, mas lá não entrou, por ser mulher. Elegeu-se membro seu marido Filinto de Almeida, diz-se à boca pequena, que em homenagem a ela.*

Avançando o século XX, a literatura de mulheres no Brasil desabrochou sem peias e sem se ater a amenidades. Com Rachel de Queiroz, abandonou os salões e ingressou no campo social do áspero agreste. Com Cecília Meireles, sustentou no tom elevado do *Romanceiro da Inconfidência* os momentos épicos de nossa luta pela Independência. Nobilitou-se nos círculos intelectuais mais exigentes com Clarice Lispector, a escritora brasileira que usufrui presentemente de mais prestígio no concerto da crítica especializada. Conquistou a mídia televisiva com Lygia Fagundes Telles e sua *Ciranda de pedra,* em 1954. Com Ana Cristina César, protagonizou surto poético alternativo e irreverente em plena vigência da censura, na década de 1970. Vem, por fim, contando com um número crescente de escritoras importantes em todos os gêneros literários.

7. TENDÊNCIAS CONTEMPORÂNEAS

A "geração de 45" pregou o retorno às regras do verso, preferindo a disciplina do soneto ao desmazelo do verso livre. Giraram em torno desse ideário (que os modernistas tacharam de neoparnasiano), Antonio Olinto, Domingos Carvalho da Silva, Bandeira Tribuzi, Geir Campos, Oswaldino Marques, José Paulo Paes, entre muitos outros.

A partir de 1950 não ocorreram entre nós movimentos artísticos da dimensão do Modernismo. O tradicionalismo da "geração de 45", encabeçada pelo poeta Ledo Ivo, as ousadias verbivocovisuais do Concretismo, propostas pelos irmãos Haroldo de Campos e Augusto de Campos, o sofisticado intimismo de Clarice Lispector, que alargou as fronteiras poéticas da narrativa literária, repercutiram, sobretudo, no âmbito dos estudos universitários, influenciando autores, decerto, mas não logrando impor reorientação maciça da produção literária brasileira. Longe de estagnado, entretanto, o sistema literário brasileiro conheceu, desde então, expansão sem precedentes dos seus quadros de produção e consumo.

"O cronista de jornal é como o cigano que toda a noite arma sua tenda e pela manhã a desmancha, e vai", dizia Rubem Braga, autor de mais de 15 mil crônicas, que teve a singularidade de entrar para a história literária exclusivamente como cronista.

Os jornais de grande circulação abriram espaço para o aparecimento de grandes cronistas como Carlos Drummond de Andrade, Stanislaw Ponte Preta (Sérgio Porto), Henrique Pongetti, Rubem Braga, Fernando Sabino, Carlos Heitor Cony, Paulo Mendes Campos, Luis Fernando Veríssimo, entre outros.

O teatro brasileiro renovou-se nos fundamentos cênicos e ideológicos com Nelson Rodrigues e sua aclamada sequência de peças: *Vestido de noiva* (1943), *Álbum de família* (1944), *O boca de ouro* (1959), *O beijo no asfalto* (1962) e *Toda a nudez será castigada* (1965).

Ziraldo, 1996.

O amadurecimento da indústria livreira e do mercado editorial, auxiliados por política de proteção ao autor nacional, propiciou a eclosão de fecunda literatura para jovens e crianças, fenômeno que, a partir de 1970, envolveu quantidades de autores, livros e leitores sem precedentes no país. Alguns autores para a infância, como Ziraldo e Ruth Rocha, atingiram vendagens acima dos milhões de exemplares. Outros, como Lygia Bojunga Nunes e Ana Maria Machado, alcançaram o Prêmio Hans Christian Andersen, máxima láurea internacional no ramo.

A proliferação do número de autores profissionais em várias modalidades de escrita desencadeou, por outro lado, a reação rebelde e bem-humorada da poesia marginal, desenvolvida fora dos esquemas industriais e comerciais do livro, e que se projetou em 1976 com a antologia *26 poetas hoje,* de Heloisa Buarque de Holanda, em que figuraram nomes como Chacal, Cacaso, Ana Cristina César, Torquato Neto, Waly Salomão. Captaram o clima político da época romances de Antônio Callado, Ignácio de Loyola Brandão, Ivan Ângelo.

Desmandos políticos, opressão militar, miséria, crime, superpovoamento, prostituição, tráfico de drogas nas grandes cidades consolidaram uma novelística concisa, não raro fragmentada e avessa à análise psicológica, do habitante urbano despersonalizado, assolado pela apatia cultural, embrutecido pela violência reinante e pelo vale-tudo dos instintos, como se vê na ficção de Dalton Trevisan e Rubem Fonseca, cujos moldes seguem em voga.

Dalton Trevisan, 1990.

Numa rara concessão dos urbanos letrados para com os iletrados, a edição em 1960 de *Quarto de despejo*, diário de uma favelada, despertou o interesse de ampla camada de leitores.

NEGRA, POBRE, ANALFABETA DE PAI E MÃE

A antiga empregada doméstica Carolina Maria de Jesus catava papel e lixo reciclável para sobreviver, quando um jornalista que fazia reportagem sobre a favela do Canindé, em São Paulo, a conheceu e descobriu que ela escrevia um diário. Surpreso com a força do texto, o jornalista o submeteu à apreciação de um editor, que o publicou. Carolina, da noite para o dia, ganhou fama e algum dinheiro. Conseguiu sair da favela, mas continuou pobre, morrendo praticamente esquecida do público num sítio modesto da grande São Paulo. Perguntada um dia:

– Por que a senhora começou a escrever?

Maria Carolina de jesus respondeu:

Quando eu não tinha nada o que comer, em vez de xingar eu escrevia.

Tem pessoas que, quando estão nervosas, xingam ou pensam na morte como solução. Eu escrevia o meu diário.

Qual o significado da literatura em sua vida?

Se não fosse por intermédio dos livros que deu-me boa formação, eu teria me transviado, porque passei 23 anos mesclada com os marginais.

Carolina Maria de Jesus, 1975.

Num Brasil desejoso de se conhecer melhor, muitos escritores tomaram a si a incumbência de contar a História do Brasil.

A aproximação dos quinhentos anos do nosso Descobrimento estimulou farta safra de romances de investigação e recuperação de curiosos episódios do passado nacional, na linha dos já clássicos *Galvez, imperador do Acre* (1976) e *Mad Maria* (1980), de Márcio Souza, ou na trilha da revisão jocosa de nossa formação (ou má-formação), como empreendeu João Ubaldo Ribeiro em *Viva o povo brasileiro* (1984).

No mesmo intento de aprofundar a compreensão das letras nacionais, a pesquisa universitária passou a desenvolver estudos sistemáticos sobre a criação artística popular, alargando assim o campo da literatura escrita com pesquisas sobre a literatura oral.

Selos da XI Exposição Filatélica Luso-brasileira, homenageando a literatura de cordel, 1986.

AUTORES E LIVROS DE CORDEL

Durante séculos, as histórias que se propagaram no Ocidente não foram lidas pela maioria das pessoas, mas sim ouvidas pela boca de menestréis e trovadores que as "contavam, cantando" ou "cantavam, contando", numa atividade artística em que os verbos cantar e contar se fundiam.

Na Europa dos príncipes e princesas, cavaleiros andantes e castelos encantados, os poetas ambulantes congregavam o povo nas feiras, praças, centros de romaria, a fim de cantar, acompanhados de alaúde e tambor, episódios da vida de figuras históricas como o imperador Carlos Magno, o Cavaleiro Roldão e Doze Pares de França, ou personagens inventados pela tradição oral, como a imperatriz Porcina, Pedro Malasartes, Ali Babá, Barba Azul, Genoveva de Brabante e tantos outros que vieram povoar as famosas Histórias de proveito e exemplo, *que Gonçalo Fernandes Trancoso reuniu e publicou em Portugal, em 1569, e que se tornaram conhecidas no Brasil como* Histórias de Trancoso.

Com o desenvolvimento da imprensa no século XVI, as Histórias de Trancoso *e demais contos populares passaram a ser reproduzidos em pequenos folhetos que eram expostos à venda em varais de barbante, ou cordel, razão pela qual os portugueses se habituaram a chamá-los "folhetos de cordel".*

Os folhetos de cordel, fruto de um cancioneiro europeu que a memória popular conservou, atravessaram o Atlântico na bagagem dos primeiros colonizadores portugueses, desembarcando no Brasil em sucessivas levas durante os séculos XVI e XVII. No período colonial, aclimataram-se particularmente bem ao solo da caatinga e do agreste, onde floresceram, vindo a constituir uma das manifestações culturais mais características do Nordeste brasileiro.

O "cantor-contador" do Nordeste "canta contos" em versos rimados e estrofes regulares. Artesão da palavra, ele combina em geral duas grandes habilidades: a de decorar longos trechos narrativos e a de inventar quadras rimadas para qualquer situação. Acompanhado da viola ou da rabeca, é tanto um transmissor de "obras feitas" quanto de "improvisos". Ao cantar uma "obra feita", ele recita os versos impressos no folheto de cordel, alguns de origem anônima; outros, personalizados.

Nem sempre é possível determinar a autoria de um poema de cordel. Histórias trazidas de Portugal, como a de Genoveva de Brabante, tiveram no Brasil autoria atribuída aos poetas que as declamavam, não raro apresentando, como composições próprias, narrativas de antanho, pertencentes a acervo coletivo de tradições populares.

Inúmeros folhetos de cordel não trazem na capa nenhum elemento de identificação. Há casos em que apenas o nome do "Editor Proprietário" aparece. Na maioria das vezes os autores de cordel se identificam por meio de um acróstico nas últimas estrofes do poema, como no seguinte exemplo, em que as letras iniciais dos versos formam o nome de Manoel Camilo:

Mas depois Garcia filho
Aquietou-se no sertão
No dia do casamento
O sogro deu-lhe então
Em dinheiro três mil contos
Louvando mais sua ação

Casou-se Garcia Filho
Acalmou-se o boiadeiro
Morando no Piauí
Inda hoje é fazendeiro
Levou fama de ser
O terror do cangaceiro.

Outro costume do autor de cordel é o de inserir seu nome no verso final da história, como na sextiiha abaixo:

Minha verdadeira mãe

Maria restauradora
Dai-me boa inspiração
És a minha protetora
Sou poeta dos repentes
Moisés Matias de Moura

Banca com folhetos de cordel na feira de Campina Grande, PB.

Quem é o poeta dos repentes? O que dá sua versão de história alheia, ou o que compôs a obra declamada? Em se tratando de literatura popular em verso é difícil saber ao certo. Alguns repentistas publicaram um número assombroso de folhetos de cordel, reivindicando autoria na capa. É o caso de Francisco das Chagas Batista (1895-1930), cujo nome aparece em mais de quinhentos folhetos. Outro caso é o de Leandro Gomes de Barros (1868-1918), a quem se atribui o texto de mais de mil folhetos de cordel. Não admira que, em 1907, o repentista confessasse:

Leitores peço desculpas
Se a obra não for do agrado
Sou um poeta sem força
O tempo tem me estragado
Escrevo há dezoito anos
Tenho razão de estar cansado.

Em 1955, temas e motivos da literatura de cordel ganham repercurssão nacional com o sucesso de público e de crítica da peça teatral O *auto da compadecida*, de Ariano Suassuna.

Um contingente cada vez maior de brasileiros que escrevem e lançam seus livros no mercado vem evidenciando segmentos até pouco tempo ignorados de nossa pluralidade cultural. É consagrada a representação do mundo judaico de Porto Alegre na ficção de Moacyr Scliar, bem como a evocação de forças ancestrais moldando, entre nós, família de imigrantes libaneses, em *Lavoura arcaica* (1976), de Raduan Nassar.

Nesse sentido, cabe observar que a construção de Brasília projetou o Centro-Oeste como mais uma região de produção cultural, contribuindo para promover no país os *Poemas dos becos de Goiás e estórias mais* (1965), de Cora Coralina, seu *Vintém de cobre* (1982), os romances de Bernardo Élis e José. J. Veiga, também de Goiás, tal como vem introduzindo no cenário da Literatura Brasileira temas e autores vinculados à nova capital:

Selo comemorativo dos 100 anos do nascimento de Cora Coralina, 1989.

SQS415F303
SQN303F415
NQS403F315
QQQ313F405
SSS305F413

seria isso
um poema sobre brasília?
seria um poema?
seria brasília?

Nicolas Behr

Nas últimas décadas, um grande número de autores e correntes vem atuando no palco da produção literária brasileira e mundial. Nesse vasto palco, o desejo de chocar o burguês contracena com o propósito de agradar às massas, e a vontade de preservar raízes convive com o afã globalizante, numa orquestração por demais complexa para se enxergar de perto e desde já resumir. De modo geral, tradição e ruptura seguem se confrontando, em meio ao surgimento dos novos espaços literários e matrizes culturais que as mulheres, os negros, os homossexuais, diversos grupos étnicos e ideológicos recortam em âmbito planetário.

Uma verdade, por fim, precisa ser dita. No Brasil de inícios do terceiro milênio, o espetáculo da "arte de escrever com arte", embora rico em talentos e editoras, continua a se exibir capenga, sem o elenco de leitores que merece e a que faz jus. Cem anos decorreram desde *Os sertões,* de Euclides da Cunha e, como no tempo do rude agreste de Canudos, milhões de brasileiros ainda vivem à margem da História das Letras — não por vontade própria, mas por determinismo de nascença, como nos passados mais injustos. Como então, pode-se até dizer que nos palácios oficiais, nas faculdades, nas bibliotecas, nossa tradição literária começa com Homero, há três mil anos, enquanto nas terras incultas, nos bolsões favelados — para não dizer, a cada esquina de nossas ruas —, essa tradição ainda está por começar.

Glossário

Acrópole: nome dado, na Grécia antiga, à parte mais elevada da cidade. A acrópole mais famosa foi a de Atenas, situada no topo de uma colina que dominava a cidade e que se tornou o centro religioso dos atenienses na época de Péricles, durante o século V antes de Cristo, quando a cidade ganhou belos templos e monumentos edificados sob a orientação do escultor Fídias.

Antiguidade: período da história correspondente às mais antigas civilizações. Termina com a queda do Império Romano do Ocidente, em 476 d.C., e com a vitória do cristianismo. Para a História da Literatura, os termos Antiguidade, Antiguidade clássica, Antiguidade greco-romana ou greco-latina se equivalem, pois englobam as obras literárias gregas e romanas numa mesma família estética e filosófica, ou seja, numa mesma maneira de encarar a beleza e o mundo.

Arcádia: região montanhosa da Grécia povoada pelos *árcades,* guardadores de rebanhos que levavam uma vida simples, em contato com a natureza. Na poesia pastoril grega e latina, a Arcádia representa o país da felicidade campestre, calma e inocente, ideal para o cultivo da poesia. A literatura da Renascença e do Classicismo renova essa crença, e a transforma num dos mitos mais conhecidos da tradição clássica.

No final do século XVII, a rainha Cristina da Suécia, exilada na Itália, gostava de reunir em seu palácio um grupo de poetas, que, depois de sua morte, fundaram, em 1690, a Arcádia Romana, sociedade literária que pregava o retorno aos valores simples da antiga poesia pastoril greco-latina. A moda pegou em Portugal, onde surgiram várias agremiações literárias parecidas, como a Arcádia Lusitana (1756-1774), e chegou ao Brasil em 1768, com a Arcádia Ultramarina.

Arcadismo: corrente literária de renovação do mito da Arcádia que percorreu os séculos XVI, XVII e XVIII graças, sobretudo, à ação dos poetas que pertenciam às "arcádias" do período.

Amor cortês: ideal amoroso nascido nas cortes dos castelos feudais do sul da França, no século XI, e logo espalhado em toda a Europa com a poesia dos trovadores. De acordo com as regras do amor cortês, o cavaleiro feudal rendia vassalagem à dama, isto é, prometia servi-la e respeitá-la fielmente, sendo humilde, paciente, educado, empalidecendo em sua presença, sofrendo calado, praticando boas ações, vencendo os mais árduos obstáculos, dando-lhe provas de sua inteira devoção. A realização desse duro e severo "serviço amoroso" cortesão tornou-se o tema principal dos romances de cavalaria.

Antigo Regime: sistema político e social que existia na França antes da Revolução Francesa. Nesse sistema, os títulos de nobreza davam privilégios hereditários a certos cidadãos.

Antropofagia: prática ritual de ingerir carne humana nas sociedades ditas primitivas. Sua finalidade era transmitir aos comensais as qualidades do morto, tal como ocorria entre os índios tupis. Na Literatura Brasileira é a fase em que o Modernismo prega a exaltação do índio e a recusa do racionalismo europeu. Seu órgão de expressão foi a *Revista da Antropofagia,* de Oswald de Andrade, autor do "Manifesto Antropófago", de 1928.

Arte pela arte: ideia de que a obra de arte vale pelo que possui de beleza, independentemente de qualquer fim prático, moral, político, educacional ou até mesmo sentimental. Os praticantes da "arte pela arte" condenavam os desabafos pessoais e apaixonados da poesia romântica. Deve-se o uso consciente da expressão "arte pela arte" ao poeta francês Théophile Gautier, que, em 1856, afirmava: "Acreditamos na autonomia da arte; a arte para nós não é o meio, mas o fim – todo artista que procura algo que não o belo não é artista."

Bárbaros: nome que os gregos e, mais tarde, os romanos davam aos povos situados fora de sua civilização. São chamados de bárbaros os povos godos, vândalos, francos, germanos, saxões e outros que invadiram o Império Romano entre os séculos III e VI da Era Cristã. Os vândalos eram membros de um povo germânico de origem bárbara que, junto a outros bárbaros, devastou a Europa Ocidental no V século da Era Cristã. Bárbaros, também, eram os celtas, nome de um grupo de povos de origem indo-germânica que ocupava a Europa antes do Império Romano. A cultura celta subsistiu na Inglaterra até as invasões anglo-saxônicas dos séculos V e VI, perdurando na Irlanda até o século VIII d.C.

Barroco: Diz-se do estilo em arquitetura, pintura e literatura, caracterizado pela profusão de adornos, ostentação formal e excesso de pormenores, irradiado, sobretudo, da Itália (Marini) e da Península Ibérica (Gôngora, Quevedo), sob inspiração da Contrarreforma, de finais do século XVI até o XVIII. Na Literatura Luso-Brasileira o representante mais importante dessa vertente de expressão é o Padre Antônio Vieira.

Belas-letras: sinônimo de Literatura, como "arte de escrever com belos vocábulos e belas frases", diferentes dos usados no discurso científico ou coloquial. O termo belas-letras e seus derivados *beletrismo* e *beletrista* adquiriram sentido pejorativo no século XX, com o movimento modernista.

Bizâncio: antiga cidade grega que, em 330 d.C., o imperador Constantino transformou em capital do Império Romano do Oriente e que, em sua própria honra, batizou com o nome de Constantinopla. Durante mais de mil anos, Constantinopla foi um importante centro de cultura grega. Em 1453, quando invadida pelos turcos otomanos, passou a se chamar Istambul.

Bretanha: nome da Inglaterra (Britannia) até as invasões anglo-saxãs dos séculos V e VI d.C. Era habitada pelos bretães, povo de origem celta que cultivava a memória do lendário rei Artur e os cavaleiros da Távola Redonda.

Burguês: na Idade Média, o habitante do burgo que, em geral, se dedicava ao comércio. A burguesia transformou-se em classe social na passagem do modo de produção feudal ao de produção capitalista, quando ocupou uma posição intermediária entre a nobreza e os trabalhadores braçais. De início, controlando o comércio e, depois, as manufaturas, os burgueses aliaram-se aos reis e unificaram econômica e politicamente os chamados Estados Nacionais, no século XV. No século XIX, com a introdução de máquinas na produção industrial e o triunfo do liberalismo econômico, a burguesia consolidou a propriedade privada, tornando-se a classe dominante, em oposição à nobreza e ao proletariado.

Capitalismo: sistema econômico que surge no final da Idade Média, no qual a empresa privada detém os principais meios de produção, distribuição e troca. O lucro constitui o principal estímulo do empresário e a quantidade de compradores determina como e quanto ele produz. No século XX, os movimentos literários de vanguarda denunciam o capitalismo avançado como responsável pelo esquema de produção da "literatura de massa", cujo objetivo principal seria ganhar dinheiro.

Civilização: conjunto de elementos que compõem a vida social adiantada, do ponto de vista de sua organização coletiva. Conjunto de realizações da sociedade evoluída que saiu do estágio natural ou selvagem. As palavras civilização e cultura, por vezes, se equivalem.

Clássico: Considera-se clássica, ou da mais alta qualidade, a arte grega do século de Péricles (século V a.C.) e a romana dos tempos de Augusto (63 a.C. a 14 d.C.). Por extensão, chama-se clássico o autor que segue os padrões artísticos de sobriedade, harmonia e proporção dos antigos gregos e latinos. Diz-se também de autor ou obra de primeira classe, superior. Autor que se lê nas classes escolares por ser julgado exemplar.

Classicismo: corrente estética que supõe o culto dos escritores "clássicos" da Antiguidade greco-latina. Vinculado ao Humanismo e à Renascença, que propunham o reviver da cultura greco-romana, o Classicismo espalhou-se pela Europa entre os séculos XV e XVIII, tendo conhecido seu período áureo na França de Luís XIV, na segunda metade do século XVII. Os partidários do Classicismo acreditavam no valor exemplar dos Antigos e tentavam se nortear por eles. Ambicionavam escrever grandes obras, unindo o talento pessoal intransferível às lições aprendidas no convívio com os autores da Antiguidade. O magnífico Palácio de Versalhes, edificação encomendada, em 1661, por Luís XIV — com sua arquitetura despojada e majestosa, sua rica decoração interior, móveis, obras de arte, galeria de espelhos, soberbos jardins —, é considerado uma obra-prima do Classicismo.

Comédia: peça teatral em que predominam o riso e a graça. A comédia leva ao palco cenas do vida cotidiano, encaradas pelo ângulo do alegre e do ridículo. Atribui-se aos gregos a invenção da comédia, supondo que sua origem resulte das apresentações jocosas que ocorriam durante as festas populares dedicadas ao deus do vinho Dioníso ou Baco.

Concretismo: movimento de vanguarda iniciado no Brasil, em 1956, com os poetas Haroldo de Campos, Augusto de Campos e Décio Pignatari. O Concretismo entende o poema como um objeto "concreto", radicalmente dissociado da prosa e do verso tradicionais. Para esse movimento, as palavras valem mais por suas qualidades plásticas e sonoras do que pelo sentido.

Conteúdo: o sentido que a palavra ou o texto contém. No estudo da literatura é usado como sinônimo de "essência", "matéria", "fundo", "mensagem", "assunto", "pensamento" ou "ideia" que o texto transmite, independentemente da maneira como foi expresso.

Correspondências: conceito difundido pelo poeta francês Charles Baudelaire, no soneto "Correspondências" (do livro *As flores do mal*, 1857). Para Baudelaire, tudo no mundo – movimento, forma, número, cor, perfume, textura, corpo, alma – é significativo, recíproco, conversível e *correspondente*. Essa ideia de que os perfumes, as cores e os sons conversam entre si, e com o poeta, será adotada como fundamento criador da poesia simbolista.

Crítica: conjunto dos críticos, ou daqueles que estudam e emitem juízos sobre as obras do espírito humano, sobretudo as de cunho plástico e literário. A crítica literária é o exame intelectual da obra literária com o objetivo de julgá-la ou esclarecê-la.

Crônica: no início da Idade Média feudal chamava-se crônica a toda narrativa histórica ou relato de acontecimentos feitos por ordem cronológica. Os cronistas eram historiadores que registravam as histórias dos reis e dos nobres de um país (ex.: *Crônica geral de Espanha, Crônica de D. João I*). No sentido moderno, a crônica é um texto escrito para o jornal de forma livre e pessoal, sobre assuntos atuais.

Cristianismo: conjunto das religiões ocidentais que se baseiam nos ensinamentos da vida e da pessoa de Jesus Cristo (catolicismo, protestantismo, etc.). Tais ensinamentos estão contidos em cada um dos quatro evangelhos que formam o livro do Novo Testamento. A primeira comunidade cristã surgiu há três milênios, na Palestina, quando este território fazia parte do Império Romano. Propagado pelos apóstolos ou discípulos de Cristo, a mensagem do Novo Testamento penetrou em Roma e de lá se espalhou por toda a Europa, modificando os rumos da cultura ocidental. As primeiras comunidades cristãs chamaram-se "igrejas", e os sucessores dos primeiros apóstolos eram os "bispos". Durante o Império Romano, as perseguições aos cristãos, em vez de diminuir, só fizeram aumentar o número de seguidores da fé cristã. No século IV d.C., os cristãos representavam um décimo da população do Império Romano. No século V, já representavam a metade da mesma população. Com a conversão dos povos bárbaros, nos séculos VI, VII e VIII, os cristãos começaram a obra de formar uma nova civilização fundada nos princípios espirituais do Novo Testamento de Jesus. O cristianismo, chefiado pela figura suprema do papa, conheceu seu apogeu externo dos séculos XI a XIII, com o movimento das Cruzadas e o surto da vida religiosa nos conventos. Nesse período, contribuiu para formar o ideal do "amor cortês" retratado pelo romance de cavalaria e pela poesia lírica medieval.

Cruzada: expedição armada empreendida pela Europa cristã com o objetivo de recuperar a Terra Santa, ou Palestina, que estava em mãos dos muçulmanos. Foram oito as cruzadas realizadas para libertar Jerusalém, entre os séculos XI e XIII.

Cultura: palavra que provém do verbo *cultivar* e que indica tudo aquilo que o ser humano produz com seu pensamento, linguagem e trabalho. Por cultura entende-se conhecimento, instrução, saber, organização social e religiosa, criação intelectual e artística, tradição, lei, estilo de vida de um povo.

Decadentismo ou Decadismo: movimento literário que se origina na França, em finais do século XIX, para expressar o sentimento de que a civilização ocidental estava decrépita. O Decadentismo configura-se como o estilo poético do tédio, do pessimismo agudo e da sensibilidade doentia em 1884, a partir da publicação do livro de ensaios *Poetas malditos,* de Verlaine, e do romance *Às avessas,* de Huysmans.

Drama: entre os antigos gregos, o termo *drama* significava "ação" e era próprio do teatro, onde os atores contracenavam, agindo e dialogando. Palavra ligada ao teatro, na origem, passará a significar peça teatral, e, sobretudo, peça teatral séria e comovente, por oposição à comédia.

Epopeia/poesia épica: narração de aventuras grandiosas e heroicas ligadas a feitos guerreiros e acontecimentos históricos que explicam a identidade de um povo, tais como são as aventuras de Ulisses, um príncipe grego que venceu os troianos no poema épico *Odisseia,* que se atribui a Homero.

Espírito de livre exame: atitude mental que concede à razão humana o direito de tudo questionar e criticar, até mesmo a fé religiosa. Depois do Renascimento, a maioria dos escritores e poetas foi, em maior ou menor grau, partidária do espírito de livre exame. A defesa do espírito de livre exame é um dos temas principais da Literatura Iluminista, no século XVIII.

Estética: parte da filosofia que trata do belo na Arte e na Natureza, procurando entender o sentimento que a beleza desperta no ser humano. Na crítica literária, os conceitos de estético e artístico por vezes se equivalem.

Estilo: o *stilum* designava, primeiramente, um ponteiro de ferro usado na Antiguidade greco-latina para escrever sobre tabuinhas enceradas. Depois passou a significar o próprio modo de o artista se expressar pela escrita, bem como sua maneira especial de enxergar o mundo.

Fábula: narrativa curta escrita em versos, em que os personagens são quase sempre animais irracionais e cujo objetivo é ilustrar uma verdade geral da condição humana. A fábula é tida como um dos mais antigos gêneros literários populares do Ocidente e teve larga aplicação até o século XVIII.

Feudalismo: sistema político, econômico e social que predominou na Idade Média ocidental, entre os séculos X e XIII. O feudo era uma propriedade que se organizava em torno do senhor feudal e seu castelo. O rei, maior dos suseranos, reunia a seu redor vassalos ligados por juramento de fidelidade. A sociedade feudal era composta de três segmentos: a nobreza cavalheiresca, formada por guerreiros profissionais; a nobreza religiosa, cuja função era dar assistência espiritual; e os servos da gleba, ou camponeses, que trabalhavam em benefício da nobreza e dependiam do senhor feudal.

Futurismo: primeiro movimento de vanguarda que marcou o início do século XX. O Futurismo começou na França com o Manifesto do Futurismo, de Marinetti, publicado em 1909. O Futurismo pregava a destruição integral do passado em favor de uma arte voltada para o futuro. Entusiasmados com a modernidade, os futuristas exaltavam a máquina, a velocidade das fábricas, das locomotivas, dos aviões e de tudo o que exprimisse a atualidade mais avançada. Repeliam o sentimentalismo romântico, o idealismo simbolista, o cientificismo naturalista, bem como a prosa e o verso tradicionais, em favor das "imagens sem nexo", das "palavras em liberdade", da colocação das linhas tipográficas em várias direções e formas. No Brasil, o movimento Modernista, inaugurado com a Semana de Arte Moderna, em 1922, acusa a influência dos ideais futuristas.

Gótico: estilo de arquitetura em voga na Europa Ocidental entre os séculos XII e XIV. A arquitetura gótica é marcada pelo arco em ogiva, de acentuado movimento vertical, que simbolizava a ascensão mística do homem medieval. O adjetivo "gótico" foi usado pela primeira vez na Renascença, pelo pintor, arquiteto e historiador Giorgio Vasari (1511-1574) a respeito da arte medieval que ele julgava contaminada pelo desequilíbrio dos godos, povo bárbaro que desconhecia a harmonia clássica.

Humanismo: corrente de pensamento que encara o ser humano como figura essencial e suprema do universo. Movimento cultural surgido na Renascença, principalmente na Itália, entre os séculos XIV e XVI, depois difundido e exaltado na Europa, sobretudo pelos escritores-filósofos do século XVIII. Os humanistas da Renascença, ao descobrirem que os escritores da Antiguidade Clássica exaltavam o ser humano, mais do que o ser divino, passam a seguir seus padrões estéticos, dando início ao Classicismo.

Idade Média: período histórico compreendido entre o início da Era Cristã e os meados do século XV, isto é, período intermediário entre o fim do Império Romano e a Renascença. Distingui-se Alta Idade Média, séculos X a XV. A literatura medieval surge com a consolidação da sociedade feudal e das modernas línguas europeias, na virada do primeiro milênio depois de Cristo. A Idade Média literária, portanto, compreende o período que vai do século X à segunda metade do século XV. É a época em que florescem a poesia amorosa trovadoresca e o romance de cavalaria.

Idealismo: corrente de pensamento que considera a realização espiritual mais importante do que a material. Tendência humana a aspirar por um ideal de perfeição que o espírito imagina mas na realidade não conhece. O idealismo nas artes opõe-se ao realismo e ao pragmatismo.

Iluminismo: movimento racionalista que tomou conta da Europa no século XVIII. Irradiou-se da Inglaterra e da

Holanda, mas sua pátria espiritual foi a França, onde Voltaire e Diderot combatem o feudalismo e as tradições da Igreja, em nome da confiança no progresso da humanidade iluminada pela Razão. Nessa época, os monarcas e ministros que partilham do otimismo iluminista, como Frederico II da Prússia e Catarina II da Rússia, são chamados de "déspotas esclarecidos".

Indianismo: corrente literária de caráter nacionalista no Romantismo brasileiro, que idealizava e exaltava o índio americano e o elevava à condição de tema literário. O indianismo representou uma das feições mais importantes do Romantismo brasileiro com o poeta Gonçalves Dias e o romancista José de Alencar.

Individualismo: doutrina ou atitude que considera o indivíduo como a realidade essencial e fundamental da vida. Prevalência dos interesses, reivindicações, direitos, ideias do indivíduo sobre os da sociedade. Na Literatura, refere-se à busca da felicidade pessoal, à afirmação da experiência particular, ao culto da personalidade e do "eu" íntimo, defendido pelos escritores românticos.

Inquisição: tribunal eclesiástico, também chamado de Tribunal do Santo Ofício, criado pela Igreja católica para combater as heresias na Idade Média. Iniciada em Verona, sob o papa Lúcio III, em 1184, a Inquisição multiplicou pela Europa os tribunais chefiados por inquisidores permanentes, selecionados entre padres franciscanos e dominicanos. A duração desses tribunais variou de país a país. Na Espanha, foi instituída pelos reis católicos Fernando e Isabel, em 1480, e ficou célebre pela severidade de seu inquisidor Torquemada. No Brasil, a Inquisição fez-se presente a partir de 1591, através das chamadas "visitações do Santo Ofício", inicialmente, na Bahia. O Marquês de Pombal reduziria, depois, o poder dos Tribunais da Inquisição, que foi extinta em 1821.

Inspiração: força interior que estimula a pessoa a criar obras de arte. Os antigos atribuíam essa disposição inventiva à intervenção divina das musas. Os românticos, no século XIX, sustentam que o entusiasmo para criar obras de arte nasce do "eu" profundo ou do "gênio" individual.

Latim: língua que se falava no Lácio, antiga região da Itália, desde o século VI a.C., e que depois foi falada em todo o Império Romano. O latim literário, ou latim clássico, foi desenvolvido nos três séculos que antecederam a Era Cristã, com prosadores como Cícero, autores épicos como Virgílio, poetas líricos como Ovídio e Horário. A partir da morte do imperador Otávio Augusto, em 14 d.C., firmou-se o latim vulgar, falado pelo povo de modo diverso em cada província do Império. O latim vulgar dará origem ao grupo das línguas românicas ou neolatinas a que pertence o português. O latim culto sobreviveu na qualidade de língua oficial da Igreja Católica durante toda a Idade Média. No Brasil, as missas católicas foram rezadas em latim até a segunda metade do século XX.

Lenda: narrativa em que os fatos históricos foram fantasiados e deformados pela imaginação popular. Difere do mito, na medida em que este nasce de uma dimensão sagrada, anterior à existência da História, da Lógica e da Arte, por assim dizer.

Lira: instrumento musical de cordas usado pelos povos da Antiguidade. De "lira" derivam os vocábulos "lírica", coleção de poesias destinadas ao canto e que se entoavam ao som da lira, ou do alaúde, até fins da Idade Média (ex.: a lírica de Petrarca); "lírico", diz-se do gênero de poesia em que o poeta canta suas emoções e sentimentos íntimos de maneira fluida e musical (ex.: Álvares de Azevedo é um poeta lírico); "lirismo", qualidade individual, subjetiva, confessional do poema (ex.: o lirismo é um traço forte da poesia romântica).

Literatura: "arte de escrever com arte" em prosa ou verso. Entre os latinos a palavra significava o ensino das primeiras letras *(littera)*. Com o tempo, ganhou o sentido de arte de escrever bem, passando a ser sinônimo de "belas letras". A palavra literatura tem muitos usos. Por literatura de ficção entende-se o escrito cujo enredo se baseia em situações imaginadas e inventadas. Literatura Nacional indica o conjunto das obras literárias de um país. Literatura Ocidental implica uma tradição que nasceu com a civilização grega, há três mil anos, e desenvolveu-se na Europa, antes de emigrar para o Novo Mundo e outros continentes. Literatura, no uso coloquial, refere-se a escritos como poemas, contos, romances, novelas, peças de teatro, crônicas, biografias, fábulas, ensaios, memórias.

Mal do século: termo empregado pelos poetas e escritores românticos do século XIX para referir-se ao sentimento de tédio, melancolia e angústia existencial que os acometia, e do qual procuravam escapar pela evasão no tempo e no espaço, ou levando vida desregrada.

Mito: narrativa de origem sagrada que mostra como a realidade veio à existência, em obediência aos seres sobrenaturais que num passado remoto e vago deram origem ao mundo. Os mitos ora contam como se originaram fenômenos naturais como o Sol, a Lua, a chuva, ora explicam comportamentos e práticas sociais como a caça, a pesca, a alimentação, etc.

Mitologia: conjunto dos mitos de uma comunidade, um país, uma cultura, em especial, as narrativas fabulosas que envolvem os deuses, semideuses e heróis da Antiguidade greco-latina. A Idade Média Feudal introduz e difunde a mitologia dos celtas, também chamada "matéria de Bretanha", nas literaturas do Ocidente.

Modernismo: movimento internacional de renovação artística promovida em nome da exaltação do presente, que nasce em finais do século XIX e se desdobra no século XX. No Brasil, movimento literário que se inicia com a Semana de Arte Moderna de 1922, desencadeando, entre nós, as correntes do vanguardismo e do experimentalismo.

Musa: divindade da mitologia grega que inspirava a música e a poesia. Esquecidas durante a Idade Média, as musas voltam a ser apreciadas como tema e objeto de crença imaginária durante a Renascença (Camões, por exemplo, pede ajuda às musas, em *Os lusíadas*). No século XIX, com o Romantismo, as musas deixam de ser invocadas pelos poetas. A palavra musa, hoje, às vezes é sinônimo de inspiração, às vezes indica a mulher amada que inspira o artista.

Naturalismo: movimento literário de fins do século XIX que exagera as tendências do realismo, apresentando uma visão mais científica do determinismo genético e social. Contrários à idealização da realidade, os escritores naturalistas dão preferência à descrição de personagens patológicos, marcados por taras hereditárias, e costumam tratar de temas ligados a patologias sociais como a miséria, o adultério, a criminalidade, o desequilíbrio psíquico, os distúrbios sexuais. O Naturalismo inicia-se em 1867, na França, com o livro *Thérèse Raquin*, de Émile Zola. No Brasil, destacam-se Aluísio Azevedo, autor de *O mulato*, de 1881, e Adolfo Caminha, autor de *A normalista*, de 1893.

Neoclassicismo: todo movimento pós-renascentista que prega o retorno do estilo clássico nas artes. O Classicismo francês do século XVII é um neoclassicismo, visto pregar a imitação das obras artísticas e literárias da Antiguidade greco-romana, visando restituir sua majestosa simplicidade e grandeza. O Arcadismo, no século XVIII, bem como o Parnasianismo, no século XIX, são movimentos literários neoclássicos que pregam a ressurreição dos ideais poéticos greco-latinos.

Olimpo: montanha da Grécia antiga, situada entre a Macedônia e a Tessália. Era tida como a residência dos deuses. Também se refere ao conjunto das divindades greco-latinas.

Parnasianismo: escola literária criada pelos franceses, entre 1860 e 1870, com o propósito de combater os excessos sentimentais da poesia romântica. Nasce em torno do poeta Théophile Gauthier, praticante da "arte pela arte", e da revista *Le Parnasse Contemporain*, de 1866. Os parnasianos cultivam uma poesia erudita e impessoal caracterizada por grande apuro de forma. Repelem a inspiração e o derramamento do "eu", acreditando que só a forma pode eternizar e universalizar a arte. Os parnasianos comparavam o poeta ao ourives, que lapida o verso com paciência, e ao escultor, que talha o poema no mármore. O culto neoclássico da Antiguidade está presente no nome "parnasianismo", sendo "Parnaso" o monte que inspirava os poetas da Grécia antiga. No Brasil, destacaram-se como adeptos da escola parnasiana os poetas Alberto de Oliveira, Raimundo Correia e Olavo Bilac.

Primitivismo: tendência artística que busca seus modelos na ingenuidade criativa dos povos primitivos, ou da criança. Na literatura, o primitivismo idealiza a simplicidade dos povos não civilizados ou das primeiras eras. Ao promover nosso folclore nativo, Mário de Andrade faz do primitivismo um aspecto importante do Modernismo brasileiro. É de caráter primitivista a afirmação de Oswald de Andrade no "Manifesto Antropófago" de 1928: *"Tupy or not tupy, that is the question"* ("Tupi ou não tupi, essa é a questão").

Racionalismo: corrente de pensamento que marca o início da filosofia moderna, baseada no culto da razão, entendida como uma faculdade humana superior à emoção e à imaginação. Os partidários do racionalismo rejeitam as explicações religiosas do mundo e só acreditam no que é lógico. Para eles, quem ouve a voz da razão – a capacidade mental de julgar, avaliar e estabelecer relações lógicas, que distingue o ser humano dos animais – age com inteligência, bom senso e sabedoria.

Realismo: movimento literário que toma corpo na segunda metade do século XIX, voltado para a observação da realidade concreta, em oposição à tendência imaginosa e sonhadora do Romantismo. Caracterizou-se pela preocupação em retratar a realidade com uma linguagem precisa e clara, sem idealizar ou poetizar a vida. Acreditando que o ser humano está sujeito às mesmas leis que regem as demais espécies biológicas, o Realismo gosta de salientar a forma como o ambiente social molda o indivíduo. O realista Dickens procurou retratar com fidelidade a sociedade inglesa de sua época. Balzac pintou com minúcia a sociedade parisiense que conheceu. Flaubert constituiu um marco para a escola realista, ao descrever a vida no interior da França, no romance *Madame Bovary,* de 1857. Em Língua Portuguesa, o principal representante do Realismo é Eça de Queirós, com *Os Maias,* de 1888.

Reforma: movimento religioso do século XVI, que rompeu a unidade do mundo cristão, dando início ao protestantismo. Nasceu em 1517, na Alemanha, com o protesto de Martinho Lutero contra o "tráfico das indulgências", ou o hábito dos padres católicos cobrarem dinheiro pelo perdão que davam aos fiéis. Lutero defendia a autoridade única da Bíblia nos assuntos religiosos. Abolia a confissão, o celibato dos padres e a vida monástica. A Reforma foi adotada oficialmente na Suécia em 1527 e na Dinamarca, em 1536 (o nome de "protestantes" data de 1529). Na Suíça, foi defendida por Zwinglio e depois por Calvino. Na França, os seguidores de Calvino, chamados de huguenotes, provocaram guerras de religião, entre 1568 e 1598. A Igreja Católica respondeu à Reforma com uma Contrarreforma, que se fez sentir, sobretudo, na Itália, Espanha e Portugal expressando-se no estilo barroco. Na literatura do século XVI, Humanismo e Reforma têm como afinidades o retorno aos textos originais e à reflexão crítica.

Regionalismo: marca da literatura que sublinha o pitoresco de uma localidade, realçando a maneira de falar e os costumes típicos de determinada região. No Brasil, são regionalistas obras como: *Pelo sertão,* 1898, de Afonso Arinos de Melo Franco; *Contos gauchescos,* 1912, de Simões Lopes Neto; *A bagaceira,* 1928, de José Américo de Almeida; *O quinze,* 1930, de Rachel de Queiroz; *Cacau,* 1933, de Jorge Amado; *Menino de engenho,* 1932, de José Lins do Rego; *Vidas secas,* 1938, de Graciliano Ramos; *Sagarana,* 1946, de Guimarães Rosa, entre outros.

Renascença: amplo movimento cultural de renovação artística, científica e literária que surgiu na Itália no século XIV e foi vivido pelo resto da Europa nos séculos XV e XVI. A Renascença parte do princípio de que o ser humano viveu plenamente na Antiguidade clássica greco-latina, depois “morreu” no mundo teológico medievo e “renasceu” quando os humanistas restabeleceram o lugar do indivíduo no centro do universo. A valorização da natureza humana e o entusiasmo pela vida na Terra supõem o rompimento com as ideias e costumes medievais, bem como a exaltação da civilização greco-romana. Com a Renascença, a imitação dos Antigos torna-se o princípio básico da criação literária, o que abre o caminho para o Classicismo. Observa-se hoje que a reforma carolíngia da escrita, no século IX, a formulação do ideal feudal nos séculos XI e XII, a revolução comercial do século XIII constituíram “renascenças” também.

Revolução Francesa: conjunto de acontecimentos que se desenrolaram entre 1789 e 1799, e modificaram radicalmente a sociedade francesa, pondo fim às estruturas políticas, sociais, religiosas e jurídicas do seu chamado Antigo Regime. A Revolução Francesa acabou com a ideia “feudal” de que os reis tinham “direitos divinos” e os nobres eram “seres especiais” que mereciam regalias de nascença. Com isso, a nobreza hereditária perdeu seus privilégios, em benefício da burguesia, que alcançara o poder econômico e administrativo com base na valorização do trabalho, da produção e do dinheiro. No plano internacional, a Revolução Francesa serviu de modelo para outras revoluções nacionais. Muitos historiadores a veem como marco da Idade Contemporânea, que acredita no princípio da igualdade civil dos cidadãos. Ao pregar os ideais de liberdade, igualdade e fraternidade, a Revolução Francesa enfatizou o sentido social e liberal da Literatura e da arte como um todo.

Revolução Industrial: forte mudança ocorrida na indústria, a partir de inícios do século XIX, quando os meios de produção passam a se concentrar em grandes fábricas, ocasionando profundas transformações sociais e econômicas. Com a Revolução Industrial, o ferro começou a substituir a madeira nas construções, as cidades se tornaram superpovoadas, surge a consciência de classe e a nova classe dos operários. As noções de tempo e espaço se transformam com a velocidade dos trens e dos navios a vapor; o dinheiro e as máquinas tornam-se temas literários.

Romance de cavalaria: narrativas medievais que exaltavam os ideais da cavalaria e do amor cortês. Os romances de cavalaria contam as façanhas que os cavaleiros andantes realizavam pelo amor de suas damas. Os mais famosos surgiram na França entre os séculos XI e XIII, com a difusão das lendas bretãs do rei Artur e os cavaleiros da Távola Redonda.

Romantismo: amplo movimento de escritores, do começo do século XIX, que pregava o abandono das regras e modelos do Classicismo, em favor da livre expressão do “eu”. As origens do Romantismo se encontram nos países anglo-saxônicos menos vinculados à cultura clássica greco-latina do que a França e a Itália. Os românticos aspiram à total liberdade criadora. Como reação aos excessos do racionalismo iluminista do século XVIII, valorizam as raízes nacionais e locais que são a extensão do indivíduo, os sentimentos íntimos e subjetivos, a religiosidade cristã, a imaginação sonhadora. Pessimistas quanto ao progresso industrial, exaltam a vida no campo, as paisagens ermas e exóticas, as virtudes do bom selvagem das novas terras americanas. Na Literatura, reabilitam gêneros e temas que julgavam depreciados pelos cultores da Razão científica, tais como a poesia lírica, a prosa confessional, o melodrama lacrimejante, o romance centrado no confronto do indivíduo com a sociedade, a narrativa histórica que evocava uma Idade Média vaga e misteriosa. No Brasil, a literatura romântica celebrou a nossa natureza, o nosso índio e combateu a escravidão do negro.

Século das Luzes: nome aplicado ao século XVIII europeu, que cultivou a paixão das ideias, a confiança na Razão e no progresso. Nesse período, as teses e os sistemas invadem a Literatura. Os escritores são chamados de filósofos e escrevem contos filosóficos. Os iluministas rejeitam as soluções religiosas para os problemas do mundo. As "luzes" simbolizam o pensamento esclarecido que combate a intolerância, a superstição e a tirania – obstáculos ao progresso humano.

Semana de Arte Moderna: semana de 13 a 17 de fevereiro de 1922, em que se realizaram palestras doutrinárias, festivais de poesia e música, exposições de pintura, escultura e arquitetura no Teatro Municipal de São Paulo, com o objetivo de proclamar o rompimento radical das artes brasileiras com os modelos do passado e de estabelecer o direito permanente à pesquisa estética e à atualização da inteligência nacional. A Semana de Arte Moderna, organizada por Mário de Andrade e agitada por Oswald de Andrade, ocasionou uma tomada de posição coletiva dos escritores brasileiros que, cansados dos padrões literários "parnasianos", ainda em vigor em 1922, desejavam buscar novos caminhos de expressão. Desenrolou-se com as correntes experimentais das facções *Pau-brasil,* 1925, *Verde-amarelismo,* 1927, *Grupo da anta, 1927, Antropofagia,* 1928, marcando o início do Modernismo entre nós.

Simbolismo: movimento poético iniciado na França, em 1886, com o "Manifesto Simbolista" de Jean Moréas. Os simbolistas recusaram o realismo na arte, voltando-se para o mundo dos sonhos e para a busca de uma linguagem nova capaz de reproduzir os conteúdos misteriosos e ocultos do inconsciente humano. O Simbolismo é introduzido no Brasil em 1893, com a publicação de *Broquéis,* de Cruz e Sousa.

***Sturm und Drang* (Tempestade e ímpeto):** movimento literário de repúdio ao racionalismo iluminista e de exaltação da liberdade criadora, desenvolvido na Alemanha entre 1770 e 1785. Aqueles que pertenciam ao grupo *Sturm und Drang* preferiam os valores sentimentais aos racionais, e defendiam a independência do gênio individual contra a erudição e as regras clássicas. É a primeira modalidade do Romantismo germânico.

Surrealismo: movimento literário de vanguarda que pregava a repulsa ao "reinado da lógica", lançado na França, em 1924, com o manifesto de André Breton. O Surrealismo via a criação literária como "automatismo psíquico puro" ou "puro ditado do inconsciente", livre de todo controle exercido pela razão e de toda preocupação moral. Pode ser visto como uma espécie de neorromantismo radical, tendo produzido mais frutos nas artes plásticas do que na Literatura.

Vanguarda: movimento literário que, por se acreditar na dianteira dos acontecimentos, rompe de forma audaciosa com o passado e procura o novo a todo custo. A vanguarda é uma espécie de modernismo extremo que percorreu todo o século XX, reunindo movimentos como o Futurismo, o Surrealismo, o Concretismo e outros.

Bibliografia

AGUIAR E SILVA, Vitor Manuel de. *Teoria da Literatura*. Coimbra: Livraria Almedina, 1979.

AMORA, Antonio Soares. *O Romantismo*. São Paulo: Cultrix, 1967.

ANDRADE, Mário de. *Aspectos da Literatura Brasileira*. São Paulo: Martins, 1974.

BOSI, Alfredo. *História Concisa da Literatura Brasileira*. São Paulo: Cultrix, 1980.

______________. *Pré-Modernismo*. São Paulo: Cultrix, 1966.

CARPEAUX, Otto Maria. *História da Literatura Ocidental*. Rio de Janeiro: Editorial Alhambra, 1978, 8 vis.

CASTELLO, José Aderaldo. *A Literatura Brasileira*. São Paulo: Cultrix, 1965.

COUTINHO, Afrânio (org.). *A Literatura no Brasil*. Rio de Janeiro: Sulamericana, 1968.

DACANAL, JOSÉ Hildebrando. *A Literatura Brasileira no Século XX*. Porto Alegre: Mercado Aberto, 1982.

GONZAGA, Sergius. *Manual de Literatura Brasileira*. 10ª ed. Porto Alegre: Mercado Aberto, 1993.

HAUSER, Arnold. *História Social da Literatura e da Arte*. São Paulo: Mestre Jou, 1980.

MARTINS, Wilson. *História da Inteligência Brasileira*. São Paulo: Cultrix, 1976-1979, 7 vis.

MELLO E SOUZA, Antonio Cândido. *Formação da Literatura Brasileira*. São Paulo: Martins, 1964, 3 vis.

MOISÉS, Massaud. *Dicionário de Termos Literários*. São Paulo: Cultrix, 1974.

______________ *História da Literatura Brasileira*. São Paulo: Cultrix, 1983.

MURICY, Andrade. *Introdução ao Panorama do Movimento Simbolista Brasileiro.* Rio de Janeiro: INL, 1952.

NICOLA, José de. *Literatura Brasileira – das origens a nossos dias.* São Paulo: Scipione, 1986.

OLIVEIRA, Jô & GARCEZ, Lucília. *Explicando a Arte Brasileira.* Rio de Janeiro: Ediouro, 2003.

PEREIRA, Maria Helena da Rocha. *Estudos de História da Cultura Clássica.* Lisboa: Gulbenkian, 1967.

SARAIVA, Antônio José & LOPES, Oscar. *História da Literatura Portuguesa.* 9ª ed. Porto: Porto Editora, 1976.

SILVA BRITO, Mário da. *História do Modernismo Brasileiro.* São Paulo: Saraiva, 1958.

SODRÉ, Nelson Werneck. *História da Literatura Brasileira – seus fundamentos econômicos.* Rio de Janeiro: Civilização Brasileira, 1969.

SCHÜLER, Donaldo. *Literatura Grega.* Porto Alegre: Mercado Aberto, 1985.

TELLES, Gilberto Mendonça. *Vanguarda Europeia e Modernismo Brasileiro.* Rio de Janeiro, Vozes, 1972.

VERÍSSIMO, Erico. *Breve História da Literatura Brasileira.* 3ª ed. São Paulo: Globo, 1995.

VERÍSSIMO, José. *História da Literatura Brasileira.* 3ª ed. Rio de Janeiro: José Olympio, 1954.

WELLEK, René & WARREN, Austin. *Teoria da Literatura.* Lisboa: Publicações Europa--América, 1962.

Crédito das Ilustrações

Unidade 1

Abertura: Intercontinental Press

p.10 – Intercontinental Press

p.13 – Intercontinental Press

p.14 – Sir Lawrence Alma-Tadema. *Leitura de Homero,* 1885, óleo sobre tela.
Coleção particular

p.15 – Museu Histórico Municipal de São Caetano do Sul/SP.
Hulton/Getty Images (máquina de escrever)

Unidade 2

Abertura: Autor desconhecido. *Nascimento de Vênus (Afrodite),* c. 50 a.C, afresco.
Casa de Vênus, Pompeia, Itália

p.19 – Giovanni Domenico Tiepolo, *A entrada do cavalo troiano em Troia,* 1760, óleo sobre tela.
The National Gallery, Londres

p.22 – Jan Brueghel, o Velho e Hendrick de Clerck. *A gruta fantástica com Ulisses e Calipso,* óleo sobre tela, c. 1600.
Johnny van Haeften Gallery, Londres

p.23 – Ingres. *Tétis implorando a Zeus,* 1811, óleo sobre tela.
Museu Granet, França

p.24 – Autor desconhecido. *Nascimento de Vênus (Afrodite),* c. 50 a.C, afresco.
Casa de Vênus, Pompeia, Itália

p.25 – John William Waterhouse. *Eco e Narciso,* 1903, óleo sobre tela.
Walker Art Gallery, Liverpool

p. 26 – *Filósofos,* mosaico de Pompeia. Museo Archeologico Nazionale, Nápoles

p.28 – Acrópole em Atenas, Grécia.
© Hiroshi Higuchi/Kino

p.29 – Cópia da Roma Antiga do *Discóbolo* de Myron, século II a.C.
© Corbis/ Stock Photos

p.30 – *Teseu,* afresco no Quarto Estilo. Casa de Gaius Rufus, Pompeia, Itália

p.31 – *Rômulo e Remo,* gravura do século XIX.
Arquivo

p.32 – Ruínas do Coliseu, Roma, Itália.
© Franklin Nolla/Kino

p.33 – Pierre Corneille. *Horácio: tragédia,* 1641, Paris, frontispício desenhado por Le Brun.
Biblioteca Nacional, Rio de Janeiro

p.34 – Virgílio.
Arquivo

p.36 – Autor desconhecido. O *pecado original,* miniatura em pergaminho, final do século XIII.
Museu Britânico, Londres

p.37 – A tomada de Constantinopla pelos turcos em 22 de abril de 1453, in *Viaje d'Outremer* de Bertrand da Broquière.
Biblioteca Nacional, Paris

p.40 – Francisco de Goya. Homem preso pela Inquisição, desenho mostrando o garrote, uma das formas de execução dos condenados da Inquisição para aqueles que "queriam morrer como cristãos", antes de serem queimados.
Arquivo

p.41 – Schoonebeck. *Caminhada dos prisioneiros para o auto de fé,* desenho. Em *História da Inquisição,* de Filipe de Limborch, 1692.
Biblioteca Nacional, Rio de Janeiro

p.43 – Autor desconhecido. *Festa no pomar,* gravura do livro O *romance da rosa,* 1490-1500
Biblioteca Nacional, Paris

p.45 – James Archer. *A morte de Arthur,* 1860, óleo sobre tela.
Manchester City Art Galleries, Manchester

p.48 – Carta hidrográfica universal de Waldseemüller, em *Libro de la Geografia* de Claude Ptolomeu, 1522.
Arquivo.
Rosa dos ventos de uma carta náutica portuguesa de 1540.
Mapoteca do Ministério das Relações Exteriores do Brasil, Itamaraty, Rio de Janeiro

p.50 – Leonardo da Vinci. *Máquina de voar,* desenho. In *Códice Atlântico,* f.302v.
Luís de Camões, capa de *Os Lusíadas,* 1584, Lisboa.
Biblioteca Nacional, Rio de Janeiro

p.51 – Gustave Doré, ilustração de *Dom Quixote,* gravura, século XIX.
Arquivo.

p.53 – Capa de *Dom Quixote de la Mancha,* edição ilustrada por Ricardo Balaca, 1870.
Arquivo

p.55 – Gustave Doré, ilustração da fábula "O lobo e o cordeiro", de La Fontaine, século XIX.
Arquivo

p.57 – Langlois. O *jardim em frente ao palácio de Versalhes,* gravura, c. 1750.
Hulton/Getty Images

p.58 – S. delia Serra, *Costume de Luís XIV em "Apollon",* desenho, século XVII.
Biblioteca Nacional, Paris

p.59 – Jean Cotelle (1645-1708). *O julgamento de Páris.*
Chateau de Versailles

p.61 – Declaração dos Direitos do Homem, 1789.
Carnavalet, Paris.

p.62 – Eugène Delacroix. *A liberdade guiando o povo,* 1830, óleo sobre tela.
Museu do Louvre, Paris

Unidade 3

Abertura: Victor Meirelles de Lima, *Moema,* 1866, óleo sobre tela.
Foto: Luiz Hossaka / Museu de Arte de São Paulo Assis Chateaubriand (MASP), São Paulo

p.66 – Frontispício do livro de Hans Staden, de 1557.
Arquivo.

p.67 – Selo comemorativo dos 400 anos do "Tratado descritivo do Brasil", de Gabriel S. de Sousa, 1987.
Empresa Brasileira de Correios e Telégrafos

p.68 – Selo em homenagem à beatificação do Padre José de Anchieta, 1980.
Empresa Brasileira de Correios e Telégrafos

p.69 – José de Anchieta. *Arte de grammatica da lingoa mais usada na costa do Brasil,* 1595, Coimbra.
Biblioteca Nacional, Rio de Janeiro

p.71 – Gregório de Matos. Códice com poesias. Letra do século XVII.
Biblioteca Nacional, Rio de Janeiro

p.72 – Selo comemorativo pelos 350 anos do nascimento de Gregório de Matos e Guerra, 1986.
Empresa Brasileira de Correios e Telégrafos

p.73 – Padre Antônio Vieira convertendo os índios do Brasil.
Arquivo Ultramarino, Lisboa

p.75 – Selo comemorativo pelos 250 anos do nascimento de Basílio da Gama, 1991.
Empresa Brasileira de Correios e Telégrafos

p.76 – Manuscrito setecentista de soneto de Basílio da Gama. Instituto Histórico e Geográfico Brasileiro

p.77 – Tomás Antonio Gonzaga, retrato idealizado, divulgado por Joaquim Norberto de Sousa Silva em *Marília de Dirceu,* Paris, 1862.
Arquivo

p.78 – Selo comemorativo pelos 200 anos da publicação do poema "Caramuru", de José de Santa Rita Durão, 1981.
Empresa Brasileira de Correios e Telégrafos

p.79 – Victor Meirelles de Lima, *Moema,* 1866, óleo sobre tela.
Foto: Luiz Hossaka / Museu de Arte de São Paulo Assis Chateaubriand (MASP), São Paulo

Unidade 4

Abertura: Johann Moritz Rugendas. *Punições Públicas,* século XIX. In *Viagem pitoresca através do Brasil*

p.83 – Girodet-Trioson. *Chateaubriand,*c. 1807.
Museu de Versalhes

p.85 – Thomas Phillip, retrato idealizado de Lord Byron vestindo trajes albaneses, óleo sobre tela.
National Portrait Gallery, Londres

p.87 – Honoré de Balzac. Páginas de *L'Écrivain à Livre Unique.* Folha de prova de prelo com correções manuscritas do autor.
Biblioteca Nacional, Rio de Janeiro.

p.88 – J.M.Rugendas. *Índio flechando a onça,* óleo sobre tela.
Coleção Particular, RJ.

p.90 – Manuscrito autógrafo do poema "Ao luar" na imaginação do adolescente Álvares de Azevedo em que a mulher aparece de forma encantada. Biblioteca Nacional, Rio de Janeiro

p.91 – Selo comemorativo pelos 150 anos do nascimento de Casimiro de Abreu, 1989.
Empresa Brasileira de Correios e Telégrafos

p.92 – Retrato de Gonçalves Dias, Araújo Porto Alegre e Gonçalves de Magalhães, século XIX.
Academia Brasileira de Letras, Rio de Janeiro.

p.93 – Capas de *A moreninha,* de Joaquim Manuel de Macedo.
Arquivo

p.95 – Francisco Manuel Chaves Pinheiro. *Alegoria do* Império Brasileiro. *1872. Terracota.*
Museu Nacional de Belas Artes, Rio de Janeiro

p.97 – Eduardo de Sá. *Morte de Gonçalves Dias,* séc. XIX-XX, óleo sobre tela.
Palácio dos Leões, São Luís, MA

p.98 – Walter Scott. *Ivanhoé,* 1819, publicado em *Seaside Library.*
Library of Congress, Washington

p.99 – José de Alencar. O *guarani,* Empreza Nacional do Diário, 1857, 4 volumes, Rio de Janeiro. Primeira edição com modificações da publicação original.
Biblioteca Nacional, Rio de Janeiro

p.100 – Alberto Henschel, *José de Alencar,* sd, óleo sobre tela.
Museu Histórico Nacional.

Antonio Carlos Gomes. Capa da partitura da ópera Guarani, impressa por F. Lucca Milão. 1870, primeira edição.
Biblioteca Nacional, Rio de Janeiro.

p.101 – Horácio Hora. *Peri e Ceci,* século XIX.
Museu de Sergipe, São Cristóvão

p.103 – Selo comemorativo pelo centenário do nascimento de Castro Alves, 1947
Empresa Brasileira de Correios e Telégrafos

p.104 – Anônimo. *Planta e corte de um navio negreiro destinados a dar ao espectador uma ideia do sofrimento dos africanos na travessia,* 1808, litografia, Inglaterra. Instituto de Estudos Brasileiros – USP, São Paulo

p.106 – Johann Moritz Rugendas. *Punições públicas, século XIX. in Viagem pitoresca através do Brasil*

p.110 – Anônimo. *Retrato de Joaquim Maria Machado de Assis,* s/d, cartão-postal.
Coleção particular

p.112 – J. da Rocha Ferreira. *Capitu,* óleo sobre tela.
Museu Nacional de Belas Artes, RJ

p.113 – Aqueduto de Santa Teresa e casario da Lapa, c. 1859, albúmen.
Coleção Particular, RJ

p.115 – Edouard Manet. *Émile Zola,* 1868, óleo sobre tela.
Musée d'Orsay, Paris

p.116 – Cortiço no Rio de Janeiro, foto do século XIX. „
Reminiscências/Iconographia

p.117 – Olavo Bilac. *Na estrada da vida,* s/d.. Biblioteca Nacional, Rio de Janeiro
Henrique Maximiano Coelho Neto. Os *pombos,* cópia autografa, assinada, com correções, s/d.
Biblioteca Nacional, Rio de Janeiro

p.118 – Andréa Mantegna, O *Parnaso,* 1497, óleo sobre tela.
Museu do Louvre, Paris

p.120 – Selo comemorativo pelo centenário de *Poesias,* de Olavo Bilac, 1988.
Empresa Brasileira de Correios e Telégrafos

p.124 – Cruz e Souza. *Missal,* 1893, Magalhães & Cia. Editores, Livraria Moderna, Rio de Janeiro.
Biblioteca Nacional, Rio de Janeiro

p.126 – Retrato de Cruz e Sousa. Arquivo

p.129 – Selo comemorativo do centenário do nascimento de Gilka Machado, 1993.
Empresa Brasileira de Correios e Telégrafos

p.130 – Retrato de Euclides da Cunha.
Arquivo

p.132 – Fac-símile do original de uma página de *Os sertões,* de Euclides da Cunha.
Casa Euclidiana, São José do Rio Pardo/SP

p.133 – Rendição de Canudos.
Foto: Flávio de Barros/Museu da República, RJ

Unidade 5

p.134 – José Bento Monteiro Lobato. *As reinações de Narizinho,* São Paulo, Companhia Editora Nacional, 1931.
Biblioteca Nacional, Rio de Janeiro

p.136 – Retrato de Mário de Andrade em 17 de junho de 1927, durante viagem que fez do Amazonas até o Peru.
Coleção particular

p.137 – *Klaxon,* n° 6, São Paulo, 15 de outubro de 1922.
Biblioteca Nacional, Rio de Janeiro

p.139 – Mário de Andrade, *Pauliceia Desvairada,* 1922, Casa Mayença, São Paulo, Ia edição.
Biblioteca Nacional, Rio de Janeiro

p.142 – Manuel Bandeira na casa de seus pais, Rio de Janeiro, década de 1920.
Arquivo Museu de Literatura da Fundação Casa de Rui Barbosa

p.143 – Manuscritos e documentos de Manuel Bandeira, incluindo uma carta à sua amiga Donana (Anna Salles Brandão), 14 de janeiro de 1914 e uma foto do sanatório de Clavadel, Suíça, onde esteve internado. Biblioteca Nacional, Rio de Janeiro

p.144 – Maria-fumaça em estação de trem de Tiradentes/MG.
© Roberto Loffel/Kino

p.147 – Carlos Drummond de Andrade, 02 de outubro de 1927.
Arquivo Museu de Literatura da Fundação Casa de Rui Barbosa

p.149 – Drummond em flagrante de fotógrafo anônimo de rua, Belo Horizonte, março de 1932.
Arquivo Museu de Literatura da Fundação Casa de Rui Barbosa

p.155 – José Bento Monteiro Lobato. *As reinações de Narizinho,* São Paulo, Companhia Editora Nacional, 1931. Biblioteca Nacional, Rio de Janeiro

p.159 – Jorge de Lima.
Arquivo / Agência Estado

p.160 – Marie-Guillemine Benoist. *Retrato de uma negra,* c. 1800, óleo sobre tela.
Museu do Louvre, Paris

p.161 – Selo em homenagem a Vinicius de Moraes, 1993.
Empresa Brasileira de Correios e Telégrafos

p.162 – João Cabral de Melo Neto. *Cão sem plumas,* 1984, Editora Nova Fronteira, Rio de Janeiro.
Biblioteca Nacional, Rio de Janeiro

p.167 – Rachel de Queiroz em sua residência, em Fortaleza, CE, 16/08/1998
Celso Oliveira/Abril Imagens

p.169 – Graciliano Ramos. *Vidas Secas,* Livraria José Olympio Editora, 1938, Rio de Janeiro.
Biblioteca Nacional, Rio de Janeiro

p.171 – Selo em comemoração ao Dia do Livro – Homenagem a Erico Veríssimo, 1980
Empresa Brasileira de Correios e Telégrafos

p.174 – Haroldo e Augusto de Campos, 1983.
Irmo Celso/Abril Imagens

p.178 – Clarice Lispector.
Coleção particular, RJ

p.181 – Manuscrito de Clarice Lispector. Carta à irmã Tânia, Belém, 16 de fevereiro de 1944.
Biblioteca Nacional, Rio de Janeiro

p.183 – Jean-Baptiste Debret, Vendedoras de frutas, século XIX. in *Viagem Pitoresca e Histórica ao Brasil*

p.185 – *Jornal das Moças,* 02 de maio de 1917.
Biblioteca Nacional, Rio de Janeiro

p.186 – Sala de aula do século XIX, gravura.
Library of Congress, Washington

p.187 – Nísia Floresta Brasileira Augusta. *Direitos das mulheres e injustiça dos homens.* Porto Alegre, Tipografia V. F. de Andrade, 1833.
Biblioteca Nacional, RJ.

p.189 – Baile no século XIX. Library of Congress

p.191 – Ziraldo, 1996.
Orlando Brito/Abril Imagens

p. 192 – Dalton Trevisan, 1990.
Joel Rocha/Abril Imagens

p.193 – Carolina Maria de Jesus, 1975.
Keiju Kobayashi/Abril Imagens

p. 194 – Selos da XI Exposição Filatélica luso-brasileira, homenageando a literatura de cordel, 1986.
Empresa Brasileira de Correios e Telégrafos

p.196 – Banca com folhetos de cordel na feira de Campina Grande, PB.
Jean Solari/Abril Imagens

p.197 – Selo comemorativo dos 100 anos do nascimento de Cora Coralina, 1989

Editoras responsáveis
Flavia Barreto
Daniele Cajueiro

Produção
Adriana Torres
Ana Carla Sousa

Produção editorial
Frederico Hartje
Mauro Siqueira

Revisão
Mariana Freire Lopes

Diagramação
Trio Studio

Este livro foi impresso em dezembro de 2011,
pela Edigráfica, para a Editora Nova Fronteira.
A fonte usada no miolo é Stone Informal 12/20.
O papel do miolo é Offset 120g/m², e o da
capa é cartão 250g/m².